흐르는 강물처럼

흐르는 강물처럼

발행일   2016년 3월 4일

지은이   권영근
펴낸이   손형국
펴낸곳   (주)북랩
편집인   선일영   편집 김향인, 서대종, 권유선, 김예지
디자인   이현수, 신혜림, 윤미리내, 임혜수   제작 박기성, 황동현, 구성우
마케팅   김회란, 박진관, 김아름
출판등록 2004. 12. 1(제2012-000051호)
주소   서울시 금천구 가산디지털 1로 168, 우림라이온스밸리 B동 B113, 114호
홈페이지   www.book.co.kr
전화번호   (02)2026-5777   팩스   (02)2026-5747

ISBN   979-11-5585-976-6 03810(종이책)   979-11-5585-977-3 05810(전자책)

성공한 사람들은 예외없이 기개가 남다르다고 합니다.
어려움에도 꺾이지 않았던 당신의 의기를 책에 담아보지 않으시렵니까?
책으로 펴내고 싶은 원고를 메일(book@book.co.kr)로 보내주세요.
성공출판의 파트너 북랩이 함께하겠습니다.

차가운 대도시의
냉엄한 현실을 사는 저자가

삶 속 순간순간의
아름다움을 포착해낸
감성 에세이!

가을 겨울 봄 그리고 여름처럼

권영근 지음

흐르는 강물처럼

북랩 book Lab

서문

예전 아주 추웠던 어느 겨울날 금요일.

진행하고 있던 IT 프로젝트의 사람들과 히터도 꺼진 사무실에서 야근 후 아주 늦은 저녁을 먹고 집으로 돌아오다 문득 자정이 다 되어가는 금요일 강남 한복판의 꽉 막힌 도로 위 차에서 저 멀리 꼬리를 물고 영동대교를 향해 엉금엉금 가고 있는 차들의 꼬리 불빛이 마치 불나방이 빛만 향해 가는 듯한 느낌이 들었다.

앞에 무엇이 있는지도 모른 체…….

갑자기 살을 에는 듯한 겨울바람에 아무도 없는 바다가 보고 싶어졌다.

바로 근처 카페에서 아메리카노 하나 사고 기름 넉넉히 넣고 동해안으로 달렸다.

서울을 빠져나가 강원도를 지나 고속도로를 달리며 아무도 없는 컴컴한 도로에 차의 헤드라이트 빛과 나밖에 없는 그 느낌이 마치 불나방 중에 한 마리인 나만 남들 가는 곳이 아닌 다른 곳으로 가는 느낌이 들었다.

그 느낌은 혼자라는 느낌과 고독이란 느낌과 시간이 멈춘듯한 느낌이 함께 왔고 세상이 망하고 나만 살아있는 느낌이었다

그리고 대관령 고개를 차도 헉헉거리는 느낌으로 헤드라이트에 의지해서 구불구불 올라 드디어 정상을 넘어가는 아무도 없는 언덕위 조그마한 전망대에서 저 멀리 보이는 강릉의 불빛과 머리 위 하늘 위로 쏟아지는 별빛을 혼자 올려다보며 세상에 나만 있는 것이 아니구나 하며 또 다른 안도감이 느껴졌다.

그때 온몸을 감싸며 몰아치는 한겨울의 매서운 바람이 너무도 추워 결국 몇 분을 못 참고 다시 차 속으로 들어가 식어버린 아메리카노를 들었다.

그 뒤로 동해안으로 가는 도로는 더 많이 편해졌고 빨라졌고 더 환해졌다.
시간이 가며 사람들도 변하고 주변도 변하지만 결국 변하지 않는 것은 계속 가고 있는 시간이란 보이지 않는 물질뿐인 듯…….

사람들은 보통 시간의 흐름상 사계절을 이야기할 때 봄 여름 가을 겨울이란 순서로 이야기를 한다.

만물이 봄에 깨어나서 여름을 거치면서 크고 가을에 수확을 하고 겨울은 또 다른 봄을 위한 시간으로 여기는 것이 상식일 것이다.

하지만 사계절의 시작을 '가을 겨울 봄 여름'으로 보면 어떨까.

수확이 가장 큰 가을에 넉넉함을 만들고 이를 통해 겨울 추위를 잘 이겨내면서 다음 계절을 위한 디딤돌 준비를 하고 드디어 따스한 봄을 맞이하여 만개한 꽃들 속에서 그 준비를 마음껏 펼치고 그것이 가장 화려해지는 것이 여름이라고 보면 어떨까 싶다.

그리고 이러한 아름다운 계절이 돌고 흐르고 하듯 인생도 마찬가지일 듯하다.

삶을 살아가면서 추울 때도 따스할 때도 있으나 우리가 계절이 바뀔 때 무심코 지나치는 밤하늘에 눈부신 별이나 낮 태양의 작열함에 감사하면서 하루하루를 살아간다면 스스로의 삶이 더 여유로워지지 않을까.

이 에세이는 대도시에서 본인 입장에서는 아주 치열하게 살아간다고 생각하는 사람이 느끼고 읽고 보고 듣는 가운데 틈틈이 적어놓은 지극히 개인적인 입장에서 삶 그 찰나의 순간 순간 느끼는 아름다움을 지극히 개인적으로 그려본 것이다.

이 책의 문구에는 마침표가 없다 그리고 가끔 문법에도 맞지 않는 언어도 있다.
삶 속에서 느끼는 이야기를 할 때는 마침표가 없어야 돌고 도는 변화무쌍한 인생살이를 더 잘 느끼게 표현할 수 있을 것 같다.
왜냐하면 가을 겨울 봄 여름이 계속 돌 듯 우리의 삶도 계속 돌아가고 항상 사계절이 똑같은 날에 왔다 가는 것처럼 정형화된 문법 같은 건 아니니까…….

차례

* 이후의 본문에서는 문장에 말줄임표가 많이 사용되었고. 마침표는 사용하지 않았습니다. 이는 '흐르는 강물 또는 세월'과 '마침 없는 흐름'을 강조하기 위한 저자의 의도된 글쓰기임을 밝혀 둡니다.

먼저 내밀기

오늘이 8월의 마지막 날이네
정신없이 보내다 보니 8월도 다 가고
이제 정말 더운 여름은 다 가버렸다
열기가 점점 식어지니
마음도 차가워져서 과거를 되새김질할 수 있고……

미팅하기 전 잠시 들른 카페에서 쉬다가 인테리어용으로 가져다 놓
은 전화기를 봤다

울리지 않는 전화통 잡고서
기다리는 사람은 정말 씁쓸하겠지
사랑하는 사람에게서 오는 전화를 기다리거나
중요한 시험에 합격 통보 전화를 기다리거나
보고 싶은 친구 전화를 기다리거나

그런데 전화가 다 받으라고 있는 건가
먼저 하면 되지
기다리지 말고 먼저 손을 내미는 것도

인생을 살아가는 하나의 방법……

올가을엔 이렇게 살아야지

blue sky

아침에 출근해서 회사 옥상에서 찍은 서울의 하늘

푸른 물이 떨어질 것 같은 하늘이잖아
맨날 하늘이 이랬음 좋겠다

1년을 100이라고 한다면
60은 저 사진 같은 날

15는 비 오는 날

10은 저번 8월 초 더위 같은 날

그리고 100에서…… 얼마 남았나

…… 15 남았군. 남은 15에서……

10은 12월 날씨 정도 되는 날

(성탄절엔 그래도 겨울 맛이 나 주어야 하니)

나머지 5는…… 기분이다……

하느님 마음대로 쓰세요……

maple tree

단풍잎이 빨간색을 보이는 것은 가시광선 중에서 유일하게
단풍잎이 빨간색만 반사하기 때문에 우리 눈에는 빨간색으로
보이는 것이란다

만약 가시광선을 모두 흡수해 버리면 우리들이 보는 단풍잎은
그냥 검은색일 것이란다
가을의 증거 단풍이 검은색이라……

만약 단풍잎이 모든 가시광선을 그냥 투과해 버린다면 그때는
투명 단풍이란다
투명 단풍이라면 즉…… 존재의 이유가 없어지는 것이지

이렇듯 우리들 눈에 보이는 많은 것들은 참으로 오묘하듯 하다
왜 신은 단풍은 빨간색만 반사하도록 만들었을까?
왜 사람들은 빨간 단풍이 단풍의 색깔 중에서는 가장 예쁘다고 생
각할까?
검은 단풍색이 예쁘다고 모두 이야기하면 모두들 그냥 단풍은 검은
색이고 그래서 예뻐하면서 수긍이나 할까?
아마도 아닐 것이다

이 세상은 참 공평한 세상일 것 같다

그 행동 행동 하나 하나에 느끼는 사람들의 공통된 의견이
그 사람은 괜찮아……라고 하던가
그 녀석은 별로야……라고 하던가
꼭 존재하는 것을 보면 우리들이 공통적으로 어떤 사람은 '어찌어찌
한 편이지……'라고 이야기하는 것도 맘에서 맘으로 반사되어 나오
는 것이 대부분에게도 동일하게 예쁘다…… 혹은 추악하다……라
고 생각되기 때문일 것이다

회사에서 저녁 시간 무렵 인터넷에서 단풍 관련 기사 하나
읽다가 별 쓸데없는 생각 하게 되었다
퇴근하자 ~~~~ 휘리릭

사점 훈련

긴 추석 연휴가 끝나고 모처럼(?) 출근했다

별 바쁜 것도 없는 하루였는데 집에 오니 몸이 천근만근 왕 피곤

저녁 약속이 캔슬되어서 정시에 퇴근하고 집에서 저녁 먹고 조깅하러 나갔다가 목디스크 때문에 편두통이 심해서 그냥 빨리걷기 하고 들어왔다

아직은 더워서 빨리걷기 해도 덥고 참 힘들더라

스포츠 뉴스를 보는데 국제경기를 준비하는 국가대표들 훈련 모습을 취재한 뉴스가 나왔다

레슬링 국가대표 감독 왈 "몇 달째 계속 사점 훈련(죽음에 이를 정도의 훈련)을 해 왔습니다. 이번엔 국제대회의 노골드 수모를 씻겠습니다."

레슬링 국가대표 (엄청 큰 타이어 들어 내치고는 땀범벅으로) "금메달 못 따면 인천 앞바다에 빠져 죽을 각오로 꼭 금메달 목에 걸고 싶습니다."

여자축구 국가대표 "……그래서 꼭 금메달 딸 겁니다."

기자 왈 "오직 금메달뿐이라는 목표로 매진하는 우리 선수들이 반

드시 승리하고 목표를 쟁취하고자 하는 투지를 보았습니다……."

과연 금메달을 위해 죽음에 이를 정도의 훈련을 하고 못 따면 인천 앞바다에 빠져 죽겠다고 하고, 그 어린 여자 선수가 금메달만이 게임의 승리라고 불끈 주먹을 쥐는 것이 과연 게임의 승리이자 인생의 승리일까……

뉴스 보면서 너무 안쓰러웠다.

그다음에 나오는 뉴스는 청소년 국제축구 대회 소식……

바르셀로나 유소년 클럽의 한국의 메시가 될 이승우 선수라고 기자가 내레이션으로 칭찬하고 화면엔 기가 막힌 드리블로 말레이지아전과 태국전에서 연속 2골을 넣은 이승우 선수의 골 넣는 장면이 나오면서 기자는 "다음 게임은 숙적 일본전이 기다리고 있고, 이승우 선수의 선전이 기대됩니다."라는 멘트와 함께 이승우 선수의 인터뷰가 나왔다.

이승우 선수 "우리 팀이 우리가 가진 능력만 발휘하면 일본전은 아주 재미있게 즐길 수 있을 겁니다."

세계 대회를 준비하는 국가대표의 소위 죽음에 이를 정도의 '사점 훈련'을 하는 투지에 측은함이 느껴지고 이승우 선수의 "즐기겠다." 는 투지에 긍정이 느껴졌다

우리는 너무 투혼 투지 투쟁과 승리만을 위해 소위 '목숨을 걸고……' 라는 말을 많이 하는 것 같다.

하기야 나부터도 수주 경쟁에서 "이번 수주 전 실패하면 우리 ○○○ 호수에 빠져 죽을 각오로 합시다."라는 말을 한다

국제대회를 앞두고 있는 국가대표 선수들의 투지는 높게 사지만 하나의 게임에서 금메달, 즉 1등이 진짜 성공이 아닌 스스로 가진 능력을 최대한 발휘하고 그걸 즐기고 후회가 없을 정도로 열심히 했다면 그 결과가 비록 1등이 아니라도 모두들 박수를 보내고 스스로도 자랑스러워하는 인생이 더 살만할 듯하다……

그렇게 살고 싶다……만

"그래도 리더는 평균 수익률 이상은 내어야지."

라는 윗분의 지나가는 이야기가 귓가에 맴돌다 보니 나도 일단은 금메달을 하나 따고 이승우 선수 같이 생각해야겠다는 압박이 느껴진다……

추석이 이제 며칠 지났다고 하늘의 달이 벌써 기울기 시작한다

이러한 치열한 삶 속에서도 그나마 아름답디아름다운 정오의 눈물 날듯 파란 초가을 날은 그렇게 가고 산책하는 강가 저녁 억새풀 냄새를 탄 바람에 향기로움이 있어서 오늘도 치열한 하루하루에서 감사를 느끼고 행복하게 살아가는 듯하다

가을날 제사

큰집에 왔다
오늘 제사!

요즘 항상 늦게 집에 들어가는데…… 제이는 항상 자고 있다
출근할 때도 제이는 자고 있고……
큰아버지 제사 지내고 집에 전화했더니 울 제이가 하는 말

"아빠 집에 놀러와!"

제사 지내고 집에 가면 자정쯤 되겠지

그래 집에 어여 놀러 가야지
늦가을에 접어서며 식어가는 밤공기마냥 마음이 '싸' 하네

November

보통 1월은 한해의 시작이니 희망차고 신선하다

2월에는 보통 설 명절이 들어가 있어서 신나는 연휴 때문에 나쁘지 않다

3월은 드디어 봄을 기다리며 들뜨기도 한다

4월은 드디어 봄…… 벚꽃 냄새가 아스라이 코끝을 간지럽게 한다

5월은 그냥 좋다 ……산책하기도 운동하기도 돌아다니기도

6월은 여름이 시작되나 장마가 슬슬 다가온다 하지만 그래도 활동하기 좋다

7월은 칙칙한 장마를 빼면 여름 휴가가 시작되어 좋다

8월은 1년 중 가장 뜨거운 여름의 가운데 …… 땡볕을 피해 그늘에서 저 멀리 하늘을 보기 좋다

9월은 그 뜨거웠던 여름을 뒤로하고 싱그러운 달…… 5월이랑 함께 가장 좋아하는 달

10월은 추석 연휴와 기타 국경일 함께 끼면 환상의 연휴가 있는 달…… 운동하기도 좋고 놀기도 좋다

12월은 설램과 아쉬움으로 한 해를 보내는 달…… 티브이를 봐도 연말 특집 볼 거 많고 크리스마스도 있어 좋다

……

그런데 11월은!

국경일이 있는 것도 아니고 그렇다고 활동하기 좋은 날씨도 아니고 ……일 년 중에 가장 맹숭맹숭한 달!

떨어지는 낙엽이 사람을 걍 우울하게 하는 달!

그런 11월이 왔다

그냥 잘 보내자 …… 따스한 볕 아래에서 책이나 많이 읽으면서……

고민하는 힘 by 강상중

요즘 읽은 여러 가지 책 중에서 보기 드물게 두 번 반복해서 읽었던 책이다

그만큼 한 번에 머리에 안 들어왔던 책이기도 하고

그만큼 다시 한 번 음미해서 읽어보고자 했던 책이다

이 책의 저자는 재일교포 2세이다

보통 우리가 생각할 때 재일교포는 일본 주류 사회의 일원이기보단 차별대우를 받는 일본사회에서 핍박받는 주변인이라고 생각할지 모르겠지만, 강상중 교수는 일본 유수의 와세다 대학을 나왔고 독일 유학을 다녀온 엘리트이다

더군다나 귀화하지 않은 한국인으로 최초로 일본 동경대학 정교수가 된 사람이기도 하다

그는 일본 사회에 대하여 매우 지식인적인 입장에서 많은 날카로운 비판을 가했기 때문에 일본에서도 많은 추종자를 지니고 있다고 한다

그는 일본 사회에서 재일교포의 관점에서 일본을 냉정하게 비판하기보단 국적을 떠나 한 명의 지식인의 관점에서 일본을 냉철하게 분석한 사람으로 일본 극우파가 상당히 싫어하여 극우파의 테러를 대비하여 배에 신문지를 넣고 다닌다고 한다

그런 사람이 쓴 『고민하는 힘』이란 책이 한국어판으로 나왔다고 하여 대략 두 달 전쯤에 사서 대략 한 달 전쯤까지 두 번 읽었던 책이다

물론 다른 책도 마찬가지이나 이 책은 지하철에서 집중해서 읽기에는 상당히 어렵다

혼잡스러운 곳에서 읽으면 솔직히 잘 이해가 가질 않는다

마치 글의 표현이 이런 느낌이다

"철수가 영희를 좋아하지 않지 않지 않다는 것이 아니 하지 않다고 말할 수 있지 아니하지 않다."

그래서 한 단락을 읽고 나서

'가만있자…… 저자가 철수가 영희를 좋아한다는 말을 하고 싶은

건가? …… 다시 읽어볼까나'

즉 책 제목처럼 읽으면서 '고민'하게 된다.
물론 머리가 안 좋은 나만 그런지도 모른다.
하지만 다시 한 번 읽어보면 저자가 이야기하고자 하는 바는 어떤
화두에 대하여 그냥 그냥 지나치지 말고 다시 한 번 고민과 고민을
하면서 그 화두에 대하여 좀 더 새로운 가치와 의미를 찾아내자는
주장을 계속 하고 있다는 것을 알게 된다

이 책은 양장판이긴 하나 아주 작고 180페이지 정도밖에 안 되어 가
지고 다니기 좋다
그리고 저자가 생각하는 9가지의 경우에 대한 고민의 내용을 1800
년대 후반에서 1900년대 초반 동시대를 살았으나 서로 다른 지역에
서 살았고 하지만 저자의 사상에 큰 영향을 미친 일본의 대 소설가
나쓰메 소세키와 독일의 막스 베버의 삶과 사상을 곁들여 이야기하
고 있다
(나쓰메 소세키라는 일본 소설가는 난 처음 들어보는 사람인데 일본에서는 매우 유
명하고 일본 돈 천 엔인가…… 하여튼 화폐에도 나와 있는 사람이라고 일본통 조영
준 이사가 이야기하더라)

이 책에서 이야기하는 9개의 고민거리이자 화두는

1. 나는 누구인가?
2. 돈이 세계의 전부인가?
3. 제대로 안다는 것은 무엇일까?
4. 청춘은 아름다운가?
5. 믿는 사람은 구원받을 수 있을까?
6. 무엇을 위해 일을 하는가?
7. 변하지 않는 사랑이 있을까?
8. 왜 죽어서는 안 되는 것일까?
9. 늙어서 '최강'이 되라

라는 주제에 대하여 이야기하고 있다

난 개인적으로 '2. 돈이 세계의 전부인가?'에서 강상중 교수가 이야기한 막스 베버의 부르주아에 대한 비판 부분이 재미있었고(막스베버는 부르주아를 경멸하는 경향이 있었는데 역설적으로 그가 잘 교육받은 것은 부르주아 계층의 부모 덕분에 좋은 교육을 받을 수 있었고, 돈에 신경 쓰지 않아도 되었기 때문에 철학적 연구에 매진할 수 있었다고 한다), '6. 무엇을 위해 일을 하는가?'란 주제에서 직업을 가지고 일을 해야 한다는 것이란 돈을 벌기 위한 목적보단 타인에 대한 배려이며, 타인에 대하여 자기 존재를 인정받기 위해서라는 주장이 공감되었다이에 대한 예로 일본 대도시의 어떤 노숙자가 어떤 사회적으로 노동이라고 정의할 수 있는 일을 하게 되었을 때 사람들이 그 사람을 단순한 노숙자 취급이 아니라 한 명의 사회인으로 대접을 해 주었다는 이야기를 하면서 일을 한다는 것은 남들에게 자기를 인정받게 하기 위한 것이라고 이야기한다

하지만 난 타인보단 내 스스로에게 인정받고 스스로에게 만족스러운 일을 하는 것이 타인의 인정보단 더 중요하다고 보기 때문에 강 교수의 고민과 나의 '일'에 대한 고민은 약간 틀리는 듯하다

하여튼 이 책은 요즘 나처럼 내 삶, 내 주변, 내 미래 등에 많은 의문을 가지고 스스로에게 질문을 던지는 사람들이 한번 읽어보면 좋을 듯하다

pale blue planet

〈사진출처 : NASA〉

어린 시절

즉 중학교 시절 감명 깊게 읽은 책 중에

칼 세이건의 『COSMOS』라는 우주書가 있다

기억을 더듬어 보니 해를 바꿔가며 중학교 시절 한 번

고등학교 시절 한 번

다 커서 한 번

지나가다 한 번
하여튼 몇 번인가 읽은 적이 있다
지금은 고인이 된 칼 세이건이 말했듯……
그리고 저 사진에서 보듯……

저기 쪼그만 창백하게 푸르스름한 빛을 내는
저 점 같은 별이 지구란다
보이저 호가 명왕성인가를 통과하면서
찍은 사진이라고 하는데
은하계 밖에서 찍은 것도 아니고
어린 시절 배웠던
수금지화목토천해명……
의 명왕성에서 찍은 지구가
저 정도로 작단다
저렇게 미천하고 볼품없는 별에서
그렇게 많은 캐릭터를 가진 인간 군상들이
지지고 볶고 살아가는 것을 대비해 본다면
돈 많이 벌고 싶어 혈안이 되거나
자기 아파트 값 올라가기 기대하거나
남을 누르고 지위가 올라가길 기대하며
오늘도 하루하루를 살아가는 치열한 우리의
인생이 한 점 티끌보다 작은 곳에서

벌어지는 정말 미미한 짓들이란 생각이 든다

우리가 사는 이 조그만 구슬에서 너무 치열하게
살지 말자는 생각을 해 본다

어찌 보면 물질적으로 가난한 사람이
실제로 가난한 것이 아니고
가진 것이 아무리 많아도 또 가지길
희망하는 사람이 정말로 가난한 것일지……

아무리 이쁘더라도……

사람은 늙어간다
학교 다닐 때 그렇게 설레게 했던 여배우도
이제 중년을 바라보는 아줌마 역할이 자연스러워 보인다

피하려고 다른 길로 돌아가도 결국
나이는 그 다른 길모퉁이 전봇대 옆에
짝다리로 심드렁하게 기대어 우리가 오길 기다린다

"이제 왔어?" 이제 한 살 더 먹어야지…… 하고서……

그렇다면 과거의 젊음을 그리워하며 살기보단
나보다 십수 년 더 빨리 태어나
빨리 나이가 더 먹은 사람들
중에서 멋지게 더 늙어 있는 사람을
배우며 사는 것이 나을 것이다

오늘 티브이에서 본 김창완 아저씨 같은 사람

내가 너무 어려서 기억도 없을 시절
산울림이란 그룹을 만들었고
중학교 때 어렴풋이 라디오에서 들리는
김창완 아저씨의 노래를 언뜻 들어보기도 했지만
오늘 티브이에서 기타 치는 아저씨는
얼굴만 나이가 들었지 소년이더라

어떻게 살 것인가……

내일 월요일 출근하면 새로 이사 간 빌딩으로 출근하게 된다
오전에 미팅하고 여러 일 처리하고 난 후 오후엔 잠깐 제주도 다녀와야 한다
6시간 정도 체류할 거니 정말 잠깐 다녀올 듯하다
집에 다시 돌아오면 아마도 자정이 넘어 있을 거다
주말 내내 제안서 작업이 하나 있었는데 회사가 이사 중이라 할 수 없이 프로젝트 중인 고객사 오피스로 출근해서 계속 작업했다
바쁜 것도 계속되고 있고…… 그리고 두통도 아직 계속 진행 중이다
이제 좀 있으면 거의 3개월째 두통과의 싸움이다 ㅠㅠ
신경과 정형외과 재활의학과 대학병원에 이제는 한의원까지 다니고 있다
전부 다 확실하게 고쳐주는 곳은 없다……
현대의학으로 암 같은 불치병만 못 고치는 줄 알았다
현대의학에서 두통도 불치병인 듯하다
의사도 원인을 모르겠다니……
단지 "두통은 신체 이상으로 나타나기도 하는데, 당신처럼 정신건강학적으로 원인 없이 심한 경우도 있다." 정도가 의사의 소견이다
양약이랑 이젠 한약도 먹고 침도 맞고 한의원에서 목뼈 교정해 주

는 '추나'라는 것까지 해 보고 있는데…… 치료 받을 때 무료하거나 병원에서 기다리면서 요즘 읽는 책 하나가 있다

유시민이 쓴 '어떻게 살 것인가'라는 제목의 책이다

오늘도 제안서 작업 하고 집에 와서 피곤해 누웠다가 두통이 심해져서 잠이 오지 않아 다시 스탠드 불 켜고 유시민 책을 다시 읽기 시작했는데 이런 부분이 나왔다

죽음에 대해서……

'왜 자살하지 않는가'라는 소제목 부분에 이런 내용이 있다

> 죽지 않고 영원히 산다고 상상해 보면 과연 행복할까?
> 그것은 존재의 의미를 말살한다.
> 영원히 산다면 오늘 만난 사람들.
> 그들과 나눈 대화와 교감.
> 함께한 일들의 의미가 없어질 것이다.
> 그 모든 것을 굳이 오늘 하지 않았어도 된다.
> 어디에도 굳이 열정을 쏟아야 할 필요가 없다.
> 오늘 다하지 못한 일은 내일하면 그만이다.
> 오늘 무엇인가 잘못해도 상관없다.

즉 시간이 희소성을 잃으면 삶도 의미를 상실한다.

삶이 유한하다는 것이 어찌 보면 영생을 바라는 인간에겐 피하고
싶은 것이나, 결국 삶이 유한해서 다행이라는 의미를 절로 느끼게
해 주었다
그래서 지금 하루하루 살아가면서 느끼는 아웅다웅이나 사랑이 모
두 소중하고 가치가 있다

벌써 두 시 넘어간다

내일 오전은 무지 정신없이 바쁠 듯하고 오후에 한 시간 남짓 비행
기 속에서 자야겠다
내일 다시 발이 땅에서 떨어져야 되는 교통수단을 타는 날이군……
ㅠㅠ

럭키 가이

아침에 출근하는데, 정확히 시동 걸면서 비가 와서 회사에 도착해서 시동 끄니 비가 딱 그쳤다.

신기해…….

어제 어떤 회사 프로젝트를 하고 복귀한 우리 본부 팀장이랑 카페에서 이야기를 나눴는데 프로젝트 후 첫 분기결산을 했더니 갑자기 회사 손익이 너무 좋게 나와서 감사가 나왔다고 했다.
즉 ERP 시스템 구축 프로젝트가 무엇인가 잘못 되어서 손익이 잘못 계산된 것 아닌가 하는 의구심에서 감사가 나왔는데, 감사 후 실제 결과를 보니 기존 수기작업할 때 관리 엄두를 못 내었던 여러 사항들이 전산으로 관리되면서 누수 요인을 알게 되고 이런 업무를 변경시켜서 손익적 측면까지 효과를 본 것으로 나타났다고 했다.

프로젝트 완료보고를 하는데 당연히 사장은 기분이 너무 좋아 프로젝트팀을 칭찬했다.
덕분에 구축을 진행했던 우리 회사도 어깨를 으쓱할 수 있었다.
하지만 공교롭게 이번 프로젝트를 발주하고 업무개선 포인트를 정했던 사장님은 프로젝트 오픈 전에 사임하시고 새로운 사장님이 오신 후 공교롭게 시스템 오픈하고 분기손익이 좋아졌다.

모든 공은 새로 부임한 사장님이 "부임 4개월 만에 창사 이래 손익을 가장 단기에 개선시킨 경영의 신"으로 그 회사가 속한 그룹 오너가 그 신임 사장님을 신임하게 되었다.

새로 부임하신 사장님을 폄하하는 것은 절대 아니다.

그냥 오늘 출근할 때만 정확하게 내리고 그친 것이나, 새로 부임 후 모든 칭찬을 다 받게 된 신임 사장님이나, 어떤 일에도 그 상황이 공교롭게 딱 맞아떨어지는 그러한 순간이 있는 듯하다.

슬슬 사람들이 출근하기 시작한다.
하늘은 다시 싱그럽게 언제 비가 왔냐고 웃고 있다.
아마 맘적으로 진심으로 갈구하고 노력하면 그 상황이 공교롭게 딱 맞게 되어 결국 원하는 것이 이루어지게 신이 인간을 만들었나 보다.

인생은 참 신기해……

Intentionality

이원복 교수가 쓴 책을 봤다

철학 관련 책인데, 이름은 잘 기억 안 난다

책 읽다가 느꼈는데 철학자들은 모두 오래 사는 것 같다

분석철학의 대가 버트런드 러셀 98살

공리주의 제레미 벤담 84살…… 참고로 1700년대에……

실용주의 존 듀이 93살

요즘 사람들도 아닌데 대부분 70~80살은 훌쩍 넘어서 살았는데,

역시 사람은 명상과 사색이 많아야 오래 사나 보다

(난 매우 오래 살 듯하다…… 항상 멍하게 생각하는 시간이 많으니)

아무튼 책 읽다가 에드문트 후설이란 독일 철학자가 주장한 것이 있

는데, 생텍쥐페리의 어린왕자에 보면 첫 부분에 이런 그림 나온다

사람들은 모자라고 하지만

사실 코끼리를 잡아먹은 보아 뱀을 그린 것이란다

사람들은 자신에게 주어진 약간의 정보를 가지고 대상을 판단하는
데, 그게 선입견을 만들어 보편적인 진실을 판단하기 어렵다고 한다

조직 생활을 하면서 무수히 많은 사람들과 부대끼면서 살아가는데,
상대방은 코끼리를 잡아먹은 뱀이라고 이야기할 때, 나는 모자라고
스스로 판단하고 그 사람을 직급이나 힘으로 우기는 우를 범하지
않는지 곰곰 함 생각해 보게 된다

그래서 경청이 필요한가 보다

에드문트 후설이란 철학자는 이걸 intentionality라고 부른다고 한다
intention…… 적절한 표현인 듯하네

내일 월요일!

회사 가는 날이다……

신난다

(안 신나면 머 어쩔 건데…… 걍 신난다고 intention해야 편하지……)

Fragrance vs. Odor

자고 있는 제이 옆에 가서 잠시 누워서 자는 모습을 물끄러미 봤다
이불이 약간 두껍고 방이 더워서 그런지 땀을 꽤 흘리면서 잔다
이마에 맺힌 땀방울을 닦아주고 머리를 쓰다듬어 주다가 뽀뽀를
해 주었는데 향기로운 땀 냄새가 난다

나 같은 어른들이 땀을 흘리면 악취가 나는데
왜 아이들은 향기가 날까……

그건 아마도 아직 생각과 맘과 몸이 세상만사에 휘둘리지 않고 순
수해서 일거다
그래서 그런 맘에서 땀을 흘리니 그 향기도 좋은 걸 거다

결국 어른이 되어서 땀 냄새가 악취로 변하는 게 아니라
어른의 맘이 인간사를 관통하며 찌들면서
향기가 악취로 변해서 냄새가 나는 거가 아닐까……
하는 생각이 든다

그래도 다행히 내 주변엔 향기가 좋은 사람들이 있어서 좋다

원 히트 원더(one hit wonder)

원 히트 원더(one hit wonder)라는 말이 있다

즉 어떤 가수가 메가 히트한 노래가 딱 한 곡밖에 없는 거……

블러그 Dj가 이런 노래만 모아서 올린 것을 봤는데

원 히트 원더 중 한 명의 가수가 시너드 오커너라고 소개했다

콧날이 매우 오똑한 빡빡 머리 가수……

애절한 노래 Nothing Compares to You로 예전 한때 푹 빠지게 했

던 가수(그런데 솔직히 시너드 오커너가 히트한 노래 중 유명한곡 꽤 있다. 〈바그

다드 카페〉란 영화인가에서 나온 노래도 있고……)

〈발췌 : 시너드오코너 팬 홈페이지〉

'원 히트 원더'라는 노래로 블러그 dJ가 소개한 싸이트에서 한 번 들은 후 다시 흥얼거리다가 다운받아서 요즘 이 노래에 다시 푹 빠져서 운전하거나 지하철 타거나 회사에서 문서작업 할 때 만날 듣는다

아침에 꽤 일찍 출근하는데 사무실엔 아무도 없고 냉기가 가득하기 때문에 근처 카페에서 커피 주문해서 한 잔 마시면서 폰으로 계속 듣다가 사무실로 들어가곤 한다

그런데 어떤 가수가 정말 유명한 노래가 한 곡만 있고 그냥 잊혀진다면 정작 그 사람 기분을 어떨까?

만약 우리 보통 삶을 사는 사람이 한 번 확 뜬 다음에 다시 훅 떨어져서 잊혀진다고 그 기분은 어떨까?

지금이 가장 최선의 환경과 위치라고 항상 행복해 하면서 사는 것이 맞을 듯하다

그런데 원 히트 원더로 소개한 시너드 오커너의 nothing compares to you를 듣다가 김홍국이 갑자기 생각났다

호랑나비……

이 한 곡으로 평생을 잘살고 있는 대표적 코리안 원 히트 원더!!
ㅎㅎㅎ

아무튼 시너드 오커너는 지금 어떻게 변해 있을까……

Knot ...... 매듭

정확한 이름은 잘 모르겠는데 말야
전선 같은 거 옭아매는 거 있잖아

난 그거 보면 맨날 되게 무지 무섭다고 느낀다
왜냐구?
그거 한 번 매듭짓기 시작하면 돌릴 수 없잖아
매듭이 점점 좁아져서 꽉 끼면 잘라내기 전엔

절대 느슨하게 할 수 없잖아

그거 보면 소위 별 형이상학적 생각이 다 든다

예를 들어 돌릴 수 없는 시간······ 머 이런 거

그래서 다시 갈 수 없는 추억······

하여튼 그거 보면 인생도 하나의 매듭을 짓는

여정인 듯하기도 하지

떼루아와 이디쉬 코프

와인 관련 책에서 봤던 단어인데 '떼루아'라는 단어가 있다
기억이 가물가물하지만 예전 이원복 교수의 와인 관련 만화에서 읽었는데, 떼루아란 '토양'이란 협소의 의미도 있지만 광의의 의미로 정말 좋은 품질의 와인이 만들어질 수 있는 훌륭한 토양, 훌륭한 기후 등 자연적인 최적의 조건을 의미하고, 더 광의의 의미로 그런 좋은 와인을 만들기 위한 인간의 정성 노력 열정 등도 의미하기도 한다
아마 와인 관련해서 쓰는 용어이니 프랑스어이겠지만 어감이 꽤 예쁜 것 같다

"떼루아"

나중에 혹시나 내가 가게를 하면 이름을 떼루아라고 짓고 싶다

요즘 자주 기억나는 또 다른 언어가 하나 있는데 '이디쉬 코프'라는 단어가 있다
이 단어는 히브리어라고 하는데 유태인들이 사용하는 용어란다
그러니까…… 의미하는 것은…… 한마디로 이야기하기는 어렵고, 유태인들이 삶을 살아가는 지혜가 묻어나는 방법론을 총칭해서 '이

디쉬 코프'라고 한단다

즉 대인 관계나 어떤 직무나 어떤 개인적인 이슈를 처리하는 데 유
대인 측면에서 아주 현명하게 처리를 했다면 '이디쉬 코프' 적으로
처리되었다고 한다
이 이야기는 어제 다 읽은『the rule』이란 미국의 유태인 국제 변호사
가 쓴 책에서 읽은 거다

어찌되었던 간에 떼루아나 이디쉬 코프나 그 단어의 본질적인 의미
를 떠나서 특정 현상이나 해결책을 총칭해서 부르는 말이라는 공통
점이 있는 듯하다

이렇게 본다면 사람 한명 한명을 의미하는 이름도 마찬가지이다

이름이 그 사람을 구분해 주는 tag이지만 처음 만난 사람이 아니라
꽤 오랜 기간을 함께 일하게 되면 그 이름에서 내포되는 무형의 느
낌이 오게 마련이다

예를 들어 한 회사에서 한참을 함께 일하는 '홍길동'이란 이름의 사
람이 있다면 정말 존경스러운 사람…… 아니면…… 정말 정 떨어지
는 사람…… 정말 애정이 느껴지는 인간적인 사람 등등의 느낌이 함
께 따라다니게 된다

그리고 그런 느낌은 처음과는 다르게 변하기도 한다

샤토 무통 로쉴드라고 하면 떼루아가 좋은 곳에서 나온 명품이라고 바로 인지한다고 하는데, 이렇듯 오랜 기간 알고 지내는 사람의 이름만으로 느껴지는 그 사람의 품질이 명품이냐 아니냐를 알 수 있는 것을 보면 그 사람의 떼루아, 즉 보고 듣고 느끼고 자라오면서 그 사람이 행동했던 것이 축척 되어 현재의 그 사람을 표현하나 보다

사람과의 관계 때문에 힘들 때는 "유태인의 효율적인 해결책을 따라서 이디쉬 코프적으로 생각하고 떼루아가 좋은 대자연의 품에 한번 안겼다 오는 것도 최고"인 듯 싶다

주말엔 바다 보러 갈까나……

12월

11월을 지나 올해의 마지막 달이 온 것이 이렇게 반갑더라

고등학교 동창들이 한 모바일 인터넷 사이트에
커뮤니티 밴드를 만들었다고 초대장이 들어왔다
가입을 해 봤는데 거의 150여 명 되는 듯……
깜짝 놀라웠는데 감히 글을 남기지 못하겠더라
솔직히 20% 정도 빼고는 누가 누군지 잘 모르겠더라
글도 올리는 몇 명 정도만 올리니 글 올리기도 뻘쭘하기도 하고
하기야 고등학교 때 거의 존재의 의미 없이 조용하게 보내서
내가 누군지도 아마 잘 모를 듯……
사회생활하면서 특히 고등학교 동기들이 인맥으로는 최고일 듯한데
누가 무슨 일 하니 그 고등학교 친구에게
부탁 함 해봐라……라는 말을 들을 땐 낯설다

며칠 전에 다른 회사 중역으로 있는 분과 저녁을 했는데, 그분이 하
는 이야기가 학창 시절 친구와 선후배가 어디서 무엇을 하고 있는데
무슨 일을 할 때 도움을 주었고…… 등등의 인맥을 활용한 비즈니
스의 무용담이 줄줄 나왔다

물론 들어보니 내가 있는 업계의 전설과 같은 사람들과 기업체 유명 임원들 이야기도 나와 재미도 있었고 인맥을 통해 부정한 방법으로 비즈니스를 한 것도 아니라 배울 만했지만, 마치 동떨어진 세계의 이야기를 듣는 것 같았다

고교 동창들의 커뮤니티에서 그들, 소위 친구들이 다시 거리낌 없이 대화하는 것을 보거나 유명 인맥의 화려함을 들으면서 왠지 그런 인적 네트워크보단 개인의 세상이나 개인의 우주관이 더 중요한 일에 빠지고 싶다는 생각이 들었다

오늘 일요일인데 프로젝트 오픈이 얼마 남지 않은 사이트 가서 우리 사람들 저녁 사주고 오면서 차 속에서 엄청 시끄럽게 메가데스 베스트 음악 들으며 왔다
다음 주도 주말까지 저녁 약속이 쭉 잡혀있고 미팅도 쭉 잡혀 있다
시간 휙 갈 듯하다

가장 사람과 많이 부대끼는 일을 하고 그 한복판에서 사람의 관계 관리가 가장 중요한 일을 하면서 마치 지리산 시골 산속의 별바라기 하는 개인을 희망하니 참 아이러니하다

Glove와 장갑 vs. 군중심리

초등학교 고학년 때였다

그 당시 프로야구 오비베어즈 티셔츠가 센세이션을 일으키고 있었는데, 난 우리 엄마가 사준 짝퉁 엠비씨청룡 티셔츠가 하나 있었다

그때까지만 해도 태동기의 프로야구와 고교야구가 꽤 인기가 있었던 시절이었다

따라서 학교 오면 프로야구 이야기랑 고교야구 이야기로 쉬는 시간에 남자애들은 이야기꽃을 피웠고 방과 후엔 글러브 끼고 나와 만날 야구만 했다

그렇게 야구 이야기와 야구 하면서 신나게 놀던 어느 날, 애들이랑 쉬는데 누군가가 다음과 같이 물었다

> 무명씨 초딩 친구: 야 장갑이 영어로 뭐냐?
> 모두들: ······.
> 나: 글러브일걸. 글러브! 영어책에서 봤어.
> 모두들: 우헤헤헤헤헤, 바보 자식. 글러브는 '야구 글러브' 할 때의 글러브잖아. 야구할 때 글러브를 장갑이래······ 바보 아냐.

돈 많던 집안 자제분이고 몸집은 컸던 반장 녀석이 그렇게 이야기하자, 옆에서 야구 이야기 하던 아이들도 따라서 웃었다
그래서 그 당시 울 반에서 장갑은 영어로 글러브가 아니었다

그래서 난 지동설을 주창하다가 시련에 처한 코페르니쿠스의 심정을 초등학교 때 경험했다

"그래도 글러브는 장갑이다!"

이렇듯 특정 사실에 대하여 한 사람의 주장이 실증론적으로 정말 맞는다고 해도 그것을 증명할 수 없을 때 나머지 사람들이 상이한 주장에 모두 동의하면 인간들은 불나방처럼 그릇된 방향으로 간다
그래서 크게는 전쟁이 발생할 수 있고 혹은 그릇된 사회적 테두리 속에 속한 소수는 스스로 하늘나라로 가는 방법을 택하는 사람도 있고 스스로 학교나 직장을 그만두는 사람도 있는 듯하다

즉 이런 것은 사회인이라고 불리는 우리를 감싸고 있는 주변 어떤 집합체 속에서도 언제나 일어날 수가 있고 지금도 일어나고 있다

며칠 전 내가 아는 어느 회사 지인 한 분이 스스로 업을 포기하셨다
그냥 가운데손가락을 힘차게 날리고 그 조직을 비웃고 신나게 나온 후 잠깐 푹 휴식하고 충전한 다음에 힘차게 다시 시작하시라고 이야

기했다

누군가 그러던데 미국 이민 가는 한국인이 종자돈을 가지고 가면
100% 다 망한다더라
망해서 손에 1달러 하나 남았을 때 죽을 각오 같은 오기가 생기고
그래서 결국 자수성가로 성공한다고 한다
아마 그분은 다시 재기하실 것이다

아직도 마음 고왔던 그분 얼굴이 선한데, 못된 조직에서 소위 장갑
을 글러브로 못 믿어주는 다수 때문에 그 착한 분이 모질지 못하고
결국 스스로 포기하신 일을 다시 신나게 펼치시길 기원한다

초속 50미터

너무 북극 날씨가 더워서 역설적으로 요즘 우리나라가 춥단다
12월 초부터 계속 영하 10도 밑으로 떨어지는 요즘 날씨가……

북극 상공엔 원래 초속 50미터 강풍으로 북극을 감싸며 돌고 있는
제트기류가 있다고 한다
이 제트기류가 감싸고 있는 북극 상공에는 엄청 추운 공기가 있단다
즉 초속 50미터로 부는 그 제트기류가 북극 상공을 휘감고 있어서
북극의 추운 공기가 밑으로 내려오는 것을 막고 있다
그런데 온난화로 북극 얼음이 녹고 북극 상공 기온이 10도가 상승
한 상태이고, 북극에 따스한 고기압층이 크게 2개가 생기면서 제트
기류가 그 따스한 고기압층 밑으로 더 남하하면서 그 추운 공기층
이 우리나라까지 내려와 12월 초부터 이렇게 영하 10도 아래로 내
려가는 한파가 발생한다고 한다
티브이 날씨예보에서 그렇다고 이야기한다

북극이 따스해서 지금 우리가 이렇게 춥다는 말씀!
아이러니하다

하나하나 놓고 보면 미미한 생물 정도밖에 안 되는 인간 하나하나가 무심코 엔트로피를 증가시키는 미미한 행동이 모여 알음알음 수십억 명이 되고 그 수십억 명이 수십억 년 무탈했던 지구를 이렇게 만들어서 그 피해를 다시 당하고 있다고 볼 수 있지
스스로는 모르는 상태에서……

참 인생이나 자연을 보면 '되갚는다'는 말이 맞나 보다
다른 사람을 배려하면 그 배려가 내게 돌아오고
다른 사람을 질시하면 그 질시가 내게 돌아오는 것이 순리일 거다

예전엔 잘 몰랐는데 소위 사회에서 나이가 들고 담당하는 것이 점점 많아지고 높아지면서 스스로는 그렇게 생각지 않았어도 내가 속한 조직과 식구들의 이익을 위해서 매정하게 결정해야 하는 순간이 점점 많아지는 것 같다

이러한 매정함이 시나브로 쌓이게 되면 언젠간 지금의 엄청 춥고 강한 한파처럼 다시 나에게 '매정함으로 되갚지 않을까' 하는 생각이 날씨예보 보다 문득 느껴졌다

......

오늘 지방에 다녀오다가 썰매를 타는 꼬맹이들을 보고
잠깐 차 세우고 구경했다
큰 호수가 전부 꽁꽁 얼었더군
예수님만 강 위를 걸을 수 있는 건 아닌가 보다
겨울엔 평범한 사람들도 강 위를 걸을 수 있다 ㅋㅋㅋ

마라톤

올해의 마지막 금요일이자 크리스마스 공휴일이 끝나고
다시 주말이 시작되기 전 징검다리 평일이다.
우리 본부의 반 정도의 직원들이 모두 연차를 쓴 듯하다.
사무실은 한산해서 퇴근길도 한산할 줄 알았더니 웬걸
집에 오는 데 한 시간 걸렸다
보통 때보다 20분~30분 정도 더 걸린 셈……
음악 크게 틀고 차선도 바꾸지 않고
길이 막히면 언젠간 뚫리겠지
신호가 빨간 불이면 언젠간 녹색으로 바뀌겠지
옆 차가 끼어들면 어차피 차 하나 더 들어오는 거니 끼워 주지
하면서 음악 들으며 왔더니 솔직히 지루한지는 모르겠다

그런데 신기한 건, 회사 근처에서부터 내 차 뒤에서 혹은 옆에서 계
속 먼저 가려고 차선 바꾸고 좌회전 차선 들어갔다가 휙 직진 차선
으로 바꾸고 소위 난리를 피운 미니 봉고차 한 대가 있었다
깜빡이도 안 켜고 운전을 하길래 똥 마려워서 그런가 보다 하는 심
정으로 지나가는 걸 잠깐 보고 말았다
삼십 분 후에 다시 봤는데, 우회전하려고 신호 기다리는데, 내 뒤에

그 미니 봉고차가 있는 거다

봉고차 색깔을 흑, 백 투 톤으로 칠하고 '독도는 우리 땅'이라고 차 옆이랑 뒤에 붙여놓고, 태극기 뒷창문에 붙여놓아서 딱 봐도 그 차인 걸 알았다

그 봉고차 그렇게 먼저 가고 싶어 했고 빨리 가고 싶어 했는데 내 뒤에 있는 거다

문득 이런 생각이 들었다

인생은 마라톤!

조급해하지 말고

그 길이 정답이라고 생각하면 계속 가 보는 거……

주변에서 아무리 괴롭히고 손가락질해도

스스로 생각해서 그 길이 맞다고 생각한다면

계속 가 보는 거……

결국 그게 남들보다 먼저 가는 거 아닐까 하는 생각이 들었다

그 길이 비록 나중에 생각한 것과 다르다고 해도…… 더 앞으로 갈 데가 없는 곳까지 가더라도 이마에 맺힌 땀을 손등으로 닦으며 그 길을 이제 벗어나야 된다는 것을 알게 되었을 때 스스로 택하고 힘들게 가 본 길이라 아마 후회는 없을 것이고 뿌듯하지 않을까…… 싶다

또 새로운 한해가 시작되려고 한다

new year's resolution

오늘 본 인터넷 뉴스 기사 중에

> 형제는 "실험실에 틀어박혀 현미경만 쳐다보는 생명공학자
> 가 아니라 비발디의 사계를 연주하고 제인 오스틴의 『오만
> 과 편견』을 음미하며 각종 사회 문제에도 관심을 기울이면
> 서 신약개발에 최선을 다해 인류에 공헌하는 사람이 되겠
> 다"고 말한다.

라는 인터뷰 기사가 실렸다

한국에서 일 등 한 번 해 본 적이 없던 형제가 미국 사관학교 형식의
고등학교로 유학을 가서 하버드를 포함한 12개의 명문대에 모두 합
격한 형과 동생의 기사이다
그 어린 학생들 참 인터뷰 맛깔나게 잘했다
정말 멋진 미래의 오피니언 리더들이다
이렇듯 충분히 본받을 점이 있는 사람은 어리거나 늙었거나 다 존재
하는 듯하다

그렇다면 난 올 신년 벽두에 이렇게 한 번 생활해 보련다

사무실에 틀어박혀 PC만 쳐다보는 컨설팅을 하거나 항상 시간에 쫓기며 발표나 강의하러 돌아만 다니는 것이 아니라 피아노를 연주하고 철인3종경기를 나가고 각종 사회 문제에도 관심을 기울이며 우리 식구에게 공헌하는 사람이 되어야겠습니다!

살아 있는 동안 꼭 해야 할 49가지

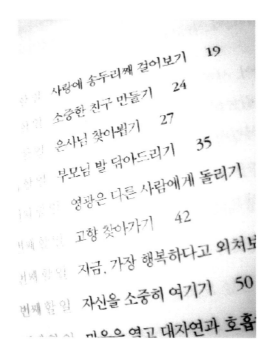

책을 하나 선물 받았다

『살아 있는 동안 꼭 해야 할 49가지』라는 이름이다

왜 하필 49가지일까…… 50가지도 아니고……

라는 참 쓸데없는 생각을 하다가 일단 제목을 읽어 보았다

이 중 나는 과연 몇 개를 해 왔을까

사랑에 송두리째 걸어보기

소중한 친구 만들기

은사님 찾아뵙기

부모님 발 닦아드리기

영광은 다른 사람에게 돌기기

고향 찾아가기

지금 가장 행복하다고 외쳐보기

자신을 소중히 여기기

마음을 열고 대자연과 호흡하기

두려움에 도전해보기

경쟁자에게 고마워하기

추억이 담긴 물건 간직하기

사람 믿어보기

다른 눈으로 세상 보기

마음을 열고 세상 관찰하기

동창 모임 만들기

낯선 사람에게 말 걸어보기

사랑하는 사람 돌보기

단 하루 동심 즐겨보기

동물 친구 사귀기

3주 계획으로 나쁜 습관 고치기

인생의 스승 찾기

큰 소리로 "사랑해"라고 외쳐보기

혼자 떠나보기

남을 돕는 즐거움 찾기

혼자 힘으로 뭔가를 팔아보기

일기와 자서전 쓰기

돈에 대해 진지하게 생각하기

작은 사랑의 추억 만들기

날마다 15분씩 책 읽기

정성이 담긴 선물하기

나만의 취미 만들기

용서하고 용서받기

어려운 사람들을 위해 기부하기

사랑하는 사람을 위해 요리하기

건강에 투자하기

악기 하나 배워보기

다른 이의 말에 귀 기울이기

고난과 반갑게 악수하기

나무 한 그루 심기

약속 지키기

기회가 있을 때마다 배우기

먼 곳의 친구 사귀어보기

사소한 것의 위대함 찾아보기

자신에게 상 주기

꿈을 설계하고 성취하기

자신의 능력 믿기

세상을 위한 선물 준비하기

잊지 못할 쇼 연출해보기

ride the lightning

퇴근 시간 무렵 명동 근처를 지나다가 본 나무
나무를 휘감은 전구가 눈부시게 반짝이고 있었다
저 나무를 통해서 인간은 너무도 아름다운
연말연시의 저녁 한때를 지나가며 느낄 수 있지
하지만 나무는 "넘 뜨거워!" 하며 말 못하고 아파할 거다

예전에 티브이에서 봤는데 살아있는 나무의 나뭇잎에
전극을 측정하면서 나무 앞에서
물고기를 반 토막 내는 실험을 하는 걸 봤다

물고기가 반 토막 나자 나무에서 나오는 전극이 갑자기
급격하게 변하는 걸 본 적 있다

나무도 감정이 있고
그래서 식물을 키울 때 음악을 틀어주는 것이 도움이 된다……
로 티브이에서는 정의를 했다

우리는 말 못하는 생물의 희생을 통하여 아름다움을
추구하고 있지는 않은지……

ps. ride the lightning : 전기의자로 처형당하다(메탈리카 앨범의 노래로
먼저 알게 됨)

2월의 첫날, 일요일, 날씨: 운동하기 좋음!

오늘 2월의 첫날이다

즉 슬슬 겨울이 힘을 포기할 때가 오고 있다는 거다

하여튼 오늘 2월 첫날로부터

backward tracking해서 작년 9월 내 생일 날!

이날을 기점으로 인생 한번 바꿔서 살아보자면서

스스로의 캐치프레이즈를 만들고 이제 5개월을 넘어간다

은근히 많은 것이 긍정적으로 바뀌었는데……

중간 점검을 하자면

1. 긍정의 결과 하나……

금연을 하고서 이제 5개월이 되어 있고, 이에 따라 그 쾌쾌한 담배 냄새가 내 몸에서 사라졌다는 긍정의 결과 하나!

2. 긍정의 결과 두울……

그리고 조깅과 웨이트 트레이닝을 줄기차게 시작해서 첨엔 2km 달리고 거의 뻗어 죽을 뻔한 체력이 작년 12월엔 4km를 쉬지 않고 달리게 되었고, 2월 1일인 현재는 6km를 대략 쉽게 완주를 해 버린다

더군다가 금연효과로 숨차는 것도 덜하기까지 하고…… 조깅을 한 후 30분 동안 웨이트 트레이닝을 계속했더니 몸이 점점 근육질로 변하는 것도 직접 느낄 수 있다

일주일에 거의 4일 이상을 이렇게 운동을 하게 되니 눈으로 보이는 외형적 변화가 긍정의 결과 둘!

3. 긍정의 결과 셋……

그리고 인터넷에서 이 주일에 두 권씩 늘 책을 주문해서 보기 시작했는데, 이것도 작년 가을부터 지금 2월 1일까지 쌓이고 쌓이다 보니 상당히 많은 분량과 상당히 많은 종류의 책들을 읽게 되었고 이젠 10년 더 살아야 알 수 있었다고 생각되는 많은 경험을 책 속에서 간접적으로 하게 되었다는 변화가 긍정의 결과 셋!

4. 긍정의 결과 넷……

그리고 책을 보기 위해 차를 몰고 출근하지 않고 지하철을 타다 보니, 기름값이랑 차 감가상각비 절약할 수 있어서 좋았던 것 또한 긍정의 결과 넷!

5. 긍정의 결과 다섯……

마지막으로 조그만한 포켓 메모장을 항상 가지고 다니면서 늘 생각나는 것을 메모하는 습관을 가지다 보니 책 속에서 본 좋은 구절이나 생각 혹은 짬 내서 갑자기 생각난 모든 것을 놓치지 않고 메모로

보관할 수 있어서 좋은 것 또한 긍정의 결과 다섯!

이렇게 10년 한번 살아본다면 나는 과연 어떻게 변화되어 있을까

요즘 느끼고 있는 삶을 관통하는
나만의 "경험론적 방법론(Huristics Method)"

피곤한 하루를 보내고 집에 와서
침대에 누울 때
혹은 주말에 운동을 심하게 해서 알 배긴 근육으로
침대에 누울 때
이런 의성어가 나도 모르게 나올 때가 있다

"아이고 삭신이 쑤셔라…… 아이구 아이구 죽겠네…… 끙끙"

근데 요즘엔 이럴 때 쓰는 말을 의식적으로 바꿨다

"아이구 아이구 편하네……"

즉 죽겠네……라는 말을 우리는 너무 쉽게 표현하는 듯하다
비단 가수나 연기자 사례를 보더라도
맨날 아픈 역이나 죽는 역을 하는 연기자나
맨날 이별이나 슬프거나 삶을 떠나는 가사를 부르는 가수들은
그 결과가 안 좋은 것을 많이 본다
꼭 그래서 그런 건 아니겠지만

긍정적으로 보는 것이
밑져야 본전이라도 노력해볼 만한 듯하다

돈 벌기 위한 직업을 가지기보단
봉사활동을 직업으로 가져도
먹고 사는 데 지장 없는 정도의 금전……
그렇게 외적으로 내적으로 건강하고 멋나게
나이가 들어가고 싶다
예전 어느 날씨 좋은 날, 한강 산책할 때
나무 그늘 밑에서 서로 쉬면서 책을 읽던
그 노부부처럼……

빨리 따스해졌으면 좋겠다

죽을 때 후회하는 스물다섯 가지 by 오츠 슈이치

연휴 마지막 날인 일요일 이른 오후부터 눈발이 날리기 시작하더니
금세 베란다 창밖으론 고즈넉한 흰 눈 풍경이 펼쳐졌다
봄은 언제 오려나
이런 분위기 있는 날에 티브이를 볼 때는 절대 액션 영화나 스포츠
중계나 가요 프로나 막장 드라마를 보면 안 된다
또한 이런 분위기 있는 날이 평일일 때는 가급적 이슈거리 업무를
가지고 이슈 회의를 하면 안 된다
집에 있는 경우는 그냥 일기를 쓰거나 책을 읽거나 회사에 있는 경
우엔 그냥 문서작업을 하면서 한귀로 이어폰을 통해 음악을 들으며
보내야 된다

눈이 쌓여 있는 오늘과 같은 풍경과 약간 어울릴 수 있는 요즘 읽고
있는 책이 하나 있다
아마 오늘 저녁에 읽으면 다 읽게 될 것이다

『죽을 때 후회하는 스물다섯 가지』라는 책으로 일본 사람이 쓴 책
을 번역한 것이다

부제가 '1000명의 죽음을 지켜본 호스피스 전문가가 말하는'이라고 되어 있는데, 대략 2주일 전 금요일 퇴근하면서 집 앞 대형서점에서 신간 코너를 어슬렁거리다가 눈에 띠어서 구매한 책이다

책 제목부터가 영 글루미한 것이 음침할 듯하다
하지만 목차를 먼저 읽어보면 우리가 항상 미래가 현재가 되었을 때 느끼는 것, 즉 '그때 그것을 했었더라면……'라고 생각할 수 있는 후회들을 25가지로 이야기해 주고 있다
더군다나 그 이야기 자체가 실제로 삶의 마지막 기로에 있는 사람들이 스스로 느끼는 것에 대한 내용으로 이야기해 주고 있어서 더욱 생생하게 그 느낌이 다가온다
그 후회 25가지가 무엇인가 하면……

첫 번째 후회, 사랑하는 사람에게 고맙다는 말을 많이 했더라면

두 번째 후회, 진짜 하고 싶은 일을 했더라면

세 번째 후회, 조금만 더 겸손했더라면

네 번째 후회, 친절을 베풀었더라면

다섯 번째 후회, 나쁜 짓을 하지 않았더라면

여섯 번째 후회, 꿈을 꾸고 그 꿈을 이루려고 노력했더라면

일곱 번째 후회, 감정에 휘둘리지 않았더라면

여덟 번째 후회, 만나고 싶은 사람을 만났더라면

아홉 번째 후회, 기억에 남는 연애를 했더라면

열 번째 후회, 죽도록 일만 하지 않았더라면

열한 번째 후회, 가고 싶은 곳으로 여행을 떠났더라면

열두 번째 후회, 내가 살아온 증거를 남겨두었더라면

열세 번째 후회, 삶과 죽음의 의미를 진지하게 생각했더라면

열네 번째 후회, 고향을 찾아가보았더라면

열다섯 번째 후회, 맛있는 음식을 많이 맛보았더라면

열여섯 번째 후회, 결혼을 했더라면

열일곱 번째 후회, 자식이 있었더라면

열여덟 번째 후회, 자식을 혼인시켰더라면

열아홉 번째 후회, 유산을 미리 염두에 두었더라면

스무 번째 후회, 내 장례식을 생각했더라면

스물한 번째 후회, 건강을 소중히 여겼더라면

스물두 번째 후회, 좀 더 일찍 담배를 끊었더라면

스물세 번째 후회, 건강할 때 마지막 의사를 밝혔더라면

스물네 번째 후회, 치료의 의미를 진지하게 생각했더라면

스물다섯 번째 후회, 신의 가르침을 알았더라면

하나씩 음미하면서 읽어보면 죽음을 맞이하여 느끼게 되는 후회일
수도 있지만 현재의 시점이 우리가 살아가는 삶의 어느 진행 순간에

있을지는 모르지만 지금이라도 후회가 들지 않도록 우리가 바로 느끼고 생각하고 행동해야 하는 것들이다

날씨가 추울 때 따스한 햇빛이 비추이는 창가에서 읽어볼 만한 책이다

협상의 10계명

요즘은 차를 가지고 출퇴근하다 보니 책을 많이 읽지는 못한다
그나마 근래에 읽은 책 중에 곱씹어 볼 만한 책이 있다
『협상의 10계명』이란 책인데
지은이가 변호사 출신이고 한국이 포함되는 국제협상 분야 경험도
많은 사람이다

책 제목이 내포하듯 비즈니스 관계에서 협상 상대방을 이기는 법을
설명하는 책일 듯해서 좀 시니컬하고 승자우월주의 스타일의 책인
줄 알고 읽다가 재미없으면 버리려고 했는데 의외로 책 내용 중 이런
내용이 있다

> "사람들은 협상에서 이긴다는 것 혹은 협상에서 성공한다
> 는 것은 상대방이 원하는 건 최대한 막고 내가 원하는 것
> 을 최대한 관철시키는 것이라고 생각한다.
> 하지만 위와 같은 협상을 하여 상대방을 이기는 협상 결
> 과를 얻었을 경우 단시일적으로는 기분 좋고 결과도 만족
> 스러울지는 몰라도 장기적으로는 상대방으로 하여금 소
> 위 '복수'의 맘을 가지게 함으로써 도움이 안 된다고 이야

기한다.

대표적인 예로 1차 세계대전 직후 승전국과 폐전국의 협상이 있는데, 전쟁 직후 회의에서는 승전국의 일방적인 보상 요구가 100% 관철되어 승전국은 협상의 결과를 매우 만족스러워했다.

패전국들은 엄청난 빚더미를 지게 되었고, 이러한 금전적인 문제로 인하여 패전국은 국가 경제가 더욱 파탄나고 국민들은 지배자에 대한 원성이 자자해지고 민심을 얻기 어려워지자 결국 다시 승전국을 상대로 전쟁을 일으키게 되었고, 이것이 제2차 세계대전이었다."

문득 생각을 했는데 사회생활하는 사람들은 누구나 또 다른 사람과 사적이든 공적이든 함께 영향을 주는 삶을 살게 된다.

이러한 상대방과 어떤 영향을 주는 삶에 관계되는 모든 일을 '협상'이라고 정의한다면, 사람들은 '협상'에 대하여 좀 더 상대방을 배려하고 생각하는 태도를 지니는 것이 결국 먼 미래에 생각지도 못할 때 본인에게 도움이 되지 않을까 싶다.

실례로 아무리 똑똑하고 일을 잘해도 그 사람의 남을 배려하지 않는 태도나 일의 진행 중간 타인에게 상처를 주면서 일을 하여 좋은 결과를 만들었다고 해도 나중에 그 사람이 직장을 옮기던 다른 사업 파트너를 찾던 간에 그 사람이 과거에 했던 배려 없는 네거티브 레퍼런스가 큰 발목을 잡는 것을 많이 봐 왔다

『협상의 10계명』이란 책이 큰 감동을 준 책은 아니지만, 이 책을 읽다가 생각하게 되는 '협상'의 개념을 광의로 해석해서 남들과 더불어 하는 모든 행동을 '협상'이라고 생각하고, 지금도 벌어지는 상대방과의 소소한 대화나 미팅 등의 결과가 미래에 스스로에게 영향을 줄 수 있다는 마음으로 상대방도 배려해 주는 '협상'의 지혜는 배워야 된다고 본다

비

티브이 다 보고 나니 자정이 이미 넘었다
창문을 보니 다시 비가 내린다
이번 비는 내일도 내리고 그 다음날도 내린다고 한다

비가 하늘에서 떨어지는 자연적인 이치는
한 가지밖에 없겠지만
그 비가 떨어지는 상황에 따라 느낌은 다르다

아침 출근하려고 지하철 타는데
비가 내리면 무드이고 센티멘탈이고 없다
하지만 이렇게 늦은 밤에 내리는 비와 빗소리는
삶의 여유나 포근함을 느끼게 해 준다

이렇듯……

한 가지 동일한 일을 매진할 때도

그 상황에 따라 본인이 느끼는 것은 다르리라……

빗소리가 너무 좋아서 자기 싫다

3.8cm

주말이 다 간다
날씨가 좋았는데 한 주를 정리해 주듯 조용하게 밤비가 온다
내일 출근길 아마도 구질구질할 듯……
책에서 봤는데
일 년에 지구와 달의 거리가 3.8cm씩 멀어지고 있단다
그래서 100억 년 후엔 지금의 거리보다 2배 멀어진단다
그때쯤이면 지구가 달을 붙잡을 수 있는 힘이 없어서
달이 태양으로 흘러가 장렬한 마지막을 보내던가
아니면 우주 속을 정처없이 떠돌아다닐 거란다
즉 지금까지 45억 년을 함께 한 달도
언젠가는 떠날 거란 뜻이지
회자정리!
오늘 비가 와서 달이 보이지 않겠지만
금요일 밤에 진천에서 돌아오면서 봤던 초승달을
비가 개이고 다시 본다면 그 의미가 새로울 듯하다
주변은 항상 그대로인 듯 하루하루가 지나가지만
가만 보면 조금씩 자기도 모르게 변하면서 결국
시간의 감이 어느 순간 다가오는 것 같다

3.8센티미터라는 굼벵이가 기어가는 미미한 거리라도

100억 년 후엔 38만 킬로가 되는 것처럼

어떻게 보면 어제와는 다르게 오늘도

난 조금 더 늙어있는 거겠지……

그렇게 본다면 참 찰나의 순간순간을

덧없이 보내기엔 아쉬움이 많은 듯하다

출장 갔다가 본 그 남쪽의 눈부신 봄 하늘이

조금 후면 서울에서도 볼 수 있을 것이다.

이제 조금 후면 서울에서도 출근길

갑자기 개나리가 보이기 시작하겠지……

벚꽃이 피고 진달래가 필 때쯤이면 하루 정도 시간 내어서

산길을 따라 하루 종일 걸어봐야겠다

뜬금없는 이야기이지만,

소년범들에게 산책이나 걷기를 시켰더니

재범률이 85%에서 15%로 떨어졌다고 한다

산책이나 걷기가 그만큼

스스로에게 많은 시간을 되새기게 물어보는

기회가 되기 때문 아닌가 싶다

많이 걷는 사람 중에 나쁜 사람 없을 듯하다

가장의 힘!

EBS에서 〈극한직업〉이란 프로를 봤다
이번 주 극한직업은 고철을 녹여 새로운 철강제품을 만드는 사람들
의 이야기이다

이 고철 재활용 작업의 전체 공정은 말 그대로 고철 모아서 용광로에
서 고철 녹여서 새로운 형태의 철강 제품을 틀로 찍어 내는 것이다
말은 단순한데 워낙 무겁고 워낙 뜨거운 불을 사용하는 환경에서
일하기 때문에 매우 위험하고 안전사고도 자주 발생한다
그 고철 재생 공장 공장장 아저씨에게 프로그램 말미에 제작진이 이
렇게 물었다

"가족들은 아저씨가 이렇게 위험한 곳에서 힘들게 일하는 것을 알
고 있을까요?"

그러자 공장장 아저씨는

"나 혼자만 고생하면 되지 머 하러 가족들한테 이야기해 ⋯⋯가족
들은 내 일터에 와 본 적도 없지⋯⋯ 그리고 가족들이 알면 걱정할

거 아니야······"

라고 무덤덤하게 말하곤 씩 웃는다.

그 아저씨가 한 가족의 가장으로 아내와 자식을 얼마나 사랑하는지가 딱 그 말에 다 들어가 있었다.

참으로 가족이란 가장에게 자신의 희생을 남들이 강요하지 않아도 감수하게끔 만드는 존재인 듯하다
이 말의 의미가 가장이 된 것을 후회한다는 의미는 결코 아니고 마치 새로운 전쟁터에 나가는 전사에게 든든한 용기를 주는 존재라는 의미다.

근데 왜 비장함이 느껴지는 걸까?

안주하지 않는 삶을 위해

마틴 루터 킹 목사는
"아이 해브 어 드림" ……나에겐 꿈이 있습니다
라는 유명한 말로 시작되는 명연설을 남긴 바가 있다

'나에겐 꿈이 있습니다'

이 말에서 이야기하는 '꿈'이란
허황된 것도 아니며 이룰 수 있는 ……(미래의 언젠가는)……
실현할 수 있는 '꿈'을 이야기했을 것이다
외국 속담 중에 이런 속담을 들어본 적이 있다

'돼지가 하늘을 날면 모를까……'

즉 불가능하다는 말이다
주변에서 모두가 불가능하다고……
혹은 현실감이 없다고……
안된다고 모두 이야기한다면……

그건 정말 안 되는 것일까?

티브이 퀴즈쇼에서 찬스 중에 많은 사람들이
선택한 답을 선택할 수 있는 찬스가 있다

즉 본인이 모를 때 대부분의 사람들이 선택하는 방향이
결국 올바르다고 가정하고 사용하는 찬스이다
그런데 퀴즈쇼를 보면 이러한 찬스는 대부분
정답으로 귀결된다

그럼 모든 대중들이 회의적으로 보거나 안 될 것이라고 한다면
애초에 그것을 포기해 버리는 것이 가장 최선의 선택일까?

정말 그럴까?

하지만 말이다……
나중에……
근시적인 나중이든……
아니면 약간 오랜 후 나중이든……
시간이 흘러흘러 결국 이젠 해 보고자 하는 불타는
열정과 힘과 목표도 사그러드는 그런 시점에 오게 된다면
예전 스스로 포기한 그 '꿈'을 회상하면 얼마나 허무할까

누구든 '꿈'은 꿀 수 있지만 '실현'은 모두에게 해당되지 못한다
정말 공평한 것 같다
그래서 누구누구의 멋진 성공 자서전이 존재하고
누구누구의 위대한 위인전이 존재하고
매스컴에서
'누구누구가 역경을 이기고 무엇이 되다'라는 기사가 나오나 보다
그만큼 '꿈'을 이루기가 어려우니까⋯⋯

그래서 '꿈'은 멋있는 듯하다
누구나 다 이루면 그게 '꿈'이라고 할 수 있나.
그런 건 너무도 평범하고 너무도 재미없을 듯하다
나는 이렇게 생각한다⋯⋯

내가 나의 꿈을 위해
남을 속이지 않고
남을 괴롭히지 않고
비열한 방법을 쓰지도 않고
오로지 깨끗하고
정당하게
열정을 바친다면⋯⋯

그리고 만약 그 열정과 땀과 노력이

일반 사람들이 꿈꾸지도 못할 정도의
열정과 땀과 노력이라고 누구나 인정한다면

나는 당연히 내 꿈을 이룰 것이고

만약 부족하다면 요행으로 성공하지 않고
당연히 실패가 따라오길……

하지만 실패를 하더라도 다시 도전을 하고
또 다시 도전하고 또또 다시 도전하는
계속되는 그 열정과 땀과 노력이 이제 충분하다고 판단된다면
그때는 역시나 조금 늦겠지만 역시나 꿈은 실현이 될 거다
왜냐하면 '인간의 삶'에 이러한 법칙이 없다면
지금의 흑인 대통령 오바마도 없었을 것이고
지금의 평발 국가대표 축구 선수 박지성도 없었을 것이고
그리고 미래의 나도 없지 않을까나……

from vague to vivid

봄이다
남산에 놀러 갔다
멀리 경치를 내려보다가
지금 내가 잡고 있는 난간을 보니
다른 어느 날 오늘 내가 온 이곳 이 자리를
다녀간 다른 사람들의 추억이 있었다

93살의 도전

책을 읽어보니 어떤 93살 잡수신 할아버지가 다음과 같은 글을 썼다

내가 60살 초반에 은퇴를 하면서 앞으로 살아봤자 얼마나 살까…… 하면서 삶의 마지막을 조용히 살면서 시간을 소일했는데, 벌써 93살이 되었고 은퇴 후 33년이 지났다.

생각해보니 내 인생의 3분의 1이나 되는 시간을 은퇴 후 무의미하게 보냈는데, 만약 은퇴 후 다시 공부를 하거나 재취업을 했다면 지금쯤 더 활기찬 93살을 보내고 있을 것이다.

하여튼 은퇴 후 아무런 일도 안 하고 33년이 지난 93살이지만, 난 아직도 아픈 곳이 없고 계속 건강하며 앞으로 꽤 많은 해를 더 살 것 같다는 거다.

그래서 오늘 결정했다.

나 다시 학원 다닌다…… 영어 공부하러…….

60살 때 진작 영어공부를 했으면 지금의 93살이 다른 삶이겠으나 지금도 난 늦지 않았다고 생각하며 학원을 다닐 것이다.

라는 글을 읽었다

향후 내 세대의 평균수명은 기본 백 살을 넘길 것이라고 한다
이는 직장의 패러다임을 바꿔야 한다는 것을 의미하지 않을까?
즉 이제는 우석훈 선생이 『88만 원 세대』 혹은 『괴물의 탄생』에서 이
야기한 것처럼 향후 대부분의 직장인은 비정규직일 것이고 승자독
식의 시대이므로 평생직장의 개념은 사라진고 본다면 우리는 평생
직업을 목표로 본인이 잘하는 좋아하는 것에 충성해야 할 듯싶다

그런데 내가 좋아하는 것은 무엇일까?

읽기, 말하기, 쓰기가 생각난다
(무슨 언어 배우는 유아 학습항목 같은 느낌)

장영희······ 57세의 소녀를 추모하며······

1월부터 12월까지 1년 365일 중에서
내가 가장 사랑하는 5월 중에서도 오늘과 같이 토요일이고
아침에 조깅을 하면서 느끼는 싱그러운 공기 냄새와
한낮의 태양이 저 먼 산을 흔들리게 보이게
아지랑이를 만들어주고
저녁을 먹고 산책한 한강변의 둥근 달빛과 물 냄새가 아름다운
5월의 토요일을 거의 다 보냈다
정말 아름다운 날이었다

하지만 아이러니하게도
1년 중 내가 가장 좋아하는 오늘 같은 날에
돌아가신 한 분이 있다.
장영희 선생이란 분이다.
아마 아는 사람은 꽤 알 듯하다.
투병생활 하시다가 57세에 하늘나라로 가셨다

어린 시절부터 영어 잡지를 읽을 때

항상 소녀 같은 장영희 선생의 수필을 읽으며 자랐고

군대 시절 야밤 근무 중에 짬 내서 보았던

장영희 선생의 책에서 선생의 그 따스한 글맛에

군대라는 획일적 조직에서도 뿌연 자유를

조금이나마 느낄 수 있었다

선생의 책을 읽어보면

꼭 오늘 같은 봄날의 유채꽃을 비추는 환한

달빛 같은 느낌이 든다

그런 선생이 그의 사춘기 소녀와 같은 글마냥
이렇게 아름다운 날에 가버렸다

장영희 선생은 서강대 영문과 교수이다
그는 1급 장애인인데 어린 시절 소아마비에 걸렸고
성인이 되어서는 별별 암을 다 걸려봤다
유방암 선고 받고 이겨냈고 척추암 선고 받고 이겨냈는데
결국 그 암 때문에 오늘 같은 아름다운 계절에
이 세상과 작별을 하셨다

장영희 선생의 지인들은
"하느님 정말 너무하시네요."
하면서 그의 삶을 관통하는 병마를 원망하였다고 하나,
장영희 선생은 그 고통을 소위 '똘똘하게 웃으면서'
항상 이겨 왔다

가끔 매스컴에 보이는 장영희 선생은 불량 환자였는데
불량환자라는 의미가 병마에 힘들게 되면 누구나
삶의 나락에서 떨어질 것을 두려워 찌드는 투병환자가 되지만
그는 항상 웃으며 항암치료를 받는 불량 환자였다고 한다

내 인생의 사춘기를 직접적으로 관통하면서

많은 영향을 주었던 많은 아름다운 수필과 영문 번역서를 주었던
장영희 선생의 마지막을 추모드리면서
만약 가실 수밖에 없었다면
오늘같이 아름다운 5월의 보름달이 떠 있는 날에 가심을
그나마 심심히 위로해 본다

May 31 ⋯⋯ Sunday

May I help you? = 5월에 도와줄까?
라는 유머를 써먹을 수 있는 5월이 다 갔다
오늘 일요일!
오늘도 정말 말할 수 없을 정도로 아름다운 날씨였다
어제 수박을 넘 많이 먹어서 화장실 가려고 아침 6시에
일어났는데 창밖으로 보이는 이른 아침의 태양이 너무
눈부셔서 화장실 다녀온 후 다시 자려다 그냥 아침밥 했다
마치 태국 푸켓에서 본 동남아의 아침 같았다
하늘에 구름 한 점 없이 얼마나 높고 태양이 이쁘던지⋯⋯

아침은 김치 햄 볶음밥으로 해서 먹고 조깅하러 나갔다
날씨가 너무 좋아서 모두 놀러 가서 그런지,
아님 일요일 너무 일찍 운동하러 나와서 그런지
한강에 그리 사람이 많지 않았다
운동하기 좋았다

태양이 바로 머리 위에서
따갑게(뜨겁게도 아닌 그냥 '따갑게'가 맞을게다) 내려주고

강물은 보석같이 빛나고

바람은 살랑거리고

사람들도 별로 없고

이어폰에선 노래가 조용히 나오고

저기 멀리 어디로 가는지는 모르는 비행기가

다리 위로 점처럼 날아가는

그런 분위기……

이런 분위기는 정말 시간이 멈추었으면 좋겠다

다 사랑해

다르게 사는 사람들

200페이지짜리이다
이쁘고 조그만해서 지하철에서 읽기에 부담 없는 200페이지짜리
책을 하나 읽었다

이 책은 지은이 한 명이 쓴 책이 아니라 신문사 기자가 1년 동안 인
터뷰한 행복한 삶을 사는 소위 '일상의 혁명가들'이라고 불리는 사
람들을 인터뷰한 기사를 모아 모아서 책으로 만든 것이다

대표적으로 이외수, 안철수, 도종환, 이장희 등등의 유명인들의 삶
이야기가 담백하게 기자의 인터뷰 기사로 정결하게 한 사람당 예닐
곱 장씩 나와 있다

그중에 꽤 잼나게 읽었던 삶 이야기로 이장희의 이야기가 생각난다
이장희는 유명한 가수다
이장희가 활동했던 시절은 내가 너무 어려서 기억나지 않지만 나중
에 매스컴에 소개된 예전 노래 중 '그건 너', '나 그대에게 모두 드리
리', '한잔의 추억' 등등의 노래는 귀에 익었다

하여튼 이장희는 70년대 초에 정상의 통기타 가수였는데, 73년에 〈0시의 다이얼〉이란 라디오 프로의 디제이를 맡으면서 라디오 스타에 등극했다고 한다

그 뒤 영화 '별들의 고향'에 쓰인 영화음악으로도 역시나 큰 성공을 거뒀다

그 뒤 75년에 가요정화운동이란 것이 있어서 그의 히트곡 대부분이 금지곡이 되었고 마리화나 파동에 연루되어 음악을 접고 사업가로 전환점을 맞았단다

80년에 미국으로 이민 간 이장희는 LA 라디오 코리아의 대표로 다시 미국에서 성공가도를 달렸으나 2003년 그는 돌연 라디오코리아에서도 물러났다

그리고 그는 갑자기 세상에서 사라졌는데, 알고 보니 지금은 울릉도에서 더덕 농사를 짓고 있단다 그리고 시간 날 땐 세계 각지를 여행하면서 유유자적한다고 한다

인터뷰를 했던 당시가 이미 60세가 넘었을 때였다고 한다

그는 더덕 농사를 하면서 육체의 불편함을 느끼지만 마음의 편안함을 느낀다고 한다

어떤 날엔 가수 조영남이 『맞아 죽을 각오로 쓴 친일 선언』이란 책으로 거의 정말 맞아 죽을 뻔하여 활동을 중지하고 프랑스건 미국이건 무조건 떠나려고 했다고 한다

즉 어딘가 자신이 오해받지 않고 머물 수 있는 아름답고 평화로운 유토피아가 있을 것 같아 장소를 찾고 있었는데, 그때 갑자기 연락도 없이 나타난 이장희가 '형 이 세상에 유토피아는 없어 나도 울릉도가 너무 좋아 울릉천국이라고 부르지만, 더덕농사를 짓다보면 허리가 끊어지는 것 같아 …… 온몸이 고통스러운데 무슨 천국'이라고 했단다

그러면서 이장희는 몸이 편한 곳이 유토피아가 아니라 마음이 소년 같아서 늘 새로운 것을 찾아다니는 모험심 가득한 소년이 감탄사를 발할 수 있는 것을 찾는 것이 유토피아라고 했다

유토피아는 내 생각에……
서울에서는 못 보는 밤하늘의 은하수를 보고 감탄 하는 거
사막에서 저 멀리 아름다운 오아시스의 신기루를 보는 거
극지방의 변화무쌍한 오로라를 보는 거
몇 달 전에 읽은 생선 씨(필명이 '생선'이다)의
미국 여행기 속의 미국 여행 중 밤에 본 반딧불이를 보는 거
바닷가 한적한 해변 벤치에 앉아 봄바람 느끼는 거
하늘하늘거리는 따스한 바람에 벚꽃 비가 내리는 봄날
벤치에 앉아 있는 거

머 이런 거 아닐까 싶다……

이장희는 그 책에서 읽은

그의 삶과 그의 맘을 간접적으로 느껴 볼 때……

그도 항상 사춘기 맑은 소년일 듯하다……

사회 생물학(sociobiology)

EBS에서 봤는데…… 요즘 '사회 생물학'이란 학문이 주목을 받는다고 했다

사회생물학이 언뜻 그냥 생물학의 한 분야이겠거니…… 하고 말았는데 티브이에서 약간 색다른 주장을 봤다

즉 원래 인간은 진화론에 근거하면 다른 동물마냥 지금까지 진화해온 동물 중의 한 부류에 지나지 않는단다

머 여기까지는 그냥 그럭저럭 별 흥미 없었다

그냥 채널을 돌리려고 했는데, 티브이에서 계속 이야기하기를……

그런데 이 인간의 지능, 능력 등이 인간 군상의 유전적인 요인에 많이 영향을 받는다는 주장을 사회 생물학에서는 한다고 한다

따라서 모든 인간은 태어날 때부터 그 똑똑함과 멍청함이 구분되어 유전적으로 가지고 태어난다는 주장이다

이 주장은 예전부터 엄청 비난을 받았다고 한다

사람을 태생적으로 혹은 인종적으로 차별하는 원리주의자들이 사용 할 가능성이 있고 이미 사용하고 있는 이론이라는 거다

즉 서양의 백인우월주의 입장에서 흑인이 태생적으로 열등하다고 주장하거나 아리안 족이 원래 우수한 태생이라고 주장하면서 세계 2차 대전이 일어난 것처럼 사회 생물학의 주장을 어떤 사람들은 교

묘하게 상당히 반인류적이고 신을 부정하는 이론으로 매도한다고
한다

정말 특정 부류의 사람이 주장하듯이 이미 그 태생적으로 열성과
우성이 결정되어 태어난다면 과연 인생을 살아가면서 어떤 희망을
위해 열심히 노력하고 공부하여 지식을 습득하는 것이 무슨 의미가
있겠느냐……라는 우울한 상상이 스쳐간다

하지만 난 확고부동하다

모든 간절한 희망과 결과는 본인의 끊임없는 '노력'이 이루게 해 준
다고 생각하거든……

가만 보면 인간이란 존재가 참으로 건방진 종인 듯하다

동물의 한 부류 정도밖에 안 되면서 스스로 동물보다 엄청 뛰어나
다고 스스로만 인정하는 두뇌로 모든 것을 인간 위주로 판단하는
것을 보면……

어찌 보면 꽃이 만발한 날에 날아다니면서 꿀을 따고 꽃들에게 새
로운 생명을 심어주는 꿀벌이 사람보다 되레 신의 창조 목적에 가장
부합하게 삶을 살아가는 가장 순박하고 합리적인 생물일지도 모르
겠다

육식의 종말 by 제레미 리프킨

예전에 이런 책을 읽었다……
아주 오래 전에……

"지구상의 인간들은 석유 및 석탄 등의 지하자원을 이용
하여 에너지를 얻고 이 에너지는 계속 고갈의 길을 간다.
따라서 인간들은 한정적인 부존자원을 아끼기 위해 자원
을 재활용하는 방법을 취한다. 하지만 자원을 재활용하는
데에도 계속 석유, 석탄 등의 지하자원이 간접적으로 투입
되어야 재활용이 가능하므로 궁극적으로 인간이 하는 모
든 일은 에너지를 소비하는 방향으로만 무조건 나간다."

이것을 한 마디로 다시 이야기하면

"인간의 모든 일은 엔트로피가 증가하는 방향으로만 진행된다"

라고 이야기할 수 있다.
이것이 예전에 읽은 『엔트로피』라는 책의 요지이다.

이 책을 읽은 지가 꽤 오래되었긴 하지만
지금도 가끔 엔트로피라는 말이 생각나는 것이……
요즘 석유 가격이 계속 올랐는데, 이 때문에
석유 대신 바이오에탄올이란 식물성 기름을 사용하는
북유럽의 나라 이야기를 티브이에서 가끔 본다

이러한 다큐는 석유 에너지를 대체하거나 아끼는 방안으로의 바이오에너지를 소개하는 내용이다

하지만 개인적으로는 역설적으로 바이오에너지를 생산하는 데 필요한 옥수수 등의 곡류를 더욱 더 많이 생산하기 위해서는 더 많은 땅을 개간하고 더 많은 석유 에너지 동력이 투입되어 작물을 키워야 하고 옥수수 등의 곡류를 바이오에너지로 더욱 더 많이 활용하게 되어 곡류를 먹을 기회를 잃어버리게 되는 세계의 빈국 아이들이나 초식 동물은 되레 더 비참하게 되며 결국 대체 식량을 만들기 위해 또 다시 석유 등의 에너지가 투입되어야 하고 따라서 이는 바이오에너지를 이용하여 석유 에너지를 아껴서 엔트로피 증가속도를 줄이겠다는 단편적인 인류의 노력이 결국 다른 곳에 예상치 못하게 영향을 주어서 결국은 엔트로피를 더욱 증가시키는 생각지 못한 방향으로 나가지 않을까…… 하는 생각이 든다

이러한 생각을 하게 한 『엔트로피』라는 책을 쓴 사람이 그 유명한 행동주의 철학자 제레미 리프킨이란 사람이다

이번에 이 사람이 쓴 또 다른 책을 다 읽었는데, 그것이 바로 『육식의 종말』이란 책이다

총 351페이지짜리 책이고 꽤 촘촘하기 때문에 읽는 시간이 꽤 오래 걸렸다

나는 가급적이면 외국 번역서적은 잘 읽지 않는데, 왜냐하면 번역자가 번역을 잘못하게 되면 글의 요지가 이해하기 어렵고 지루한 경향이 있기 때문이다

하지만 이 책의 번역자는 꽤 번역을 잘한 듯하다

『육식의 종말』이란 책은 한 마디로 이야기하면 '소고기 먹지 말자. 소고기 먹기를 중단함으로써 인간이 건강학적으로 건강하게 되고 또한 지구라는 테두리 안에 사는 하나의 생물체로서 대자연에 대한 예의를 지키는 것이다.'라는 주제를 내포한다

이러한 사상을 설명하기 위해 제레미 리프킨은 이 책에서 서양의 현재 육식 문화를 살펴보고 인간의 육식문화를 중세시대부터 경제적, 문화적으로 고찰한다

그의 주장은 꽤 집요한 것이

전 세계적으로 굶어 죽는 사람이 무척 많은데, 이는 전 세계 수억 명이 먹을 수 있는 곡식을 육우가 먹어치우기 때문이며, 이 곡식을

육우의 먹이로 사용하면서부터 인간은 기아의 문턱에서 더더욱 벗어나지 못하게 되었고, 또한 서양의 부유한 나라 인간들은 되레 쇠고기 과잉 섭취로 인한 풍요의 질병에서 역시 허덕이다가 죽는 우를 범하고 있다고 한다

또한 그는

서양의 데카르트 같은 철학자가 주장한 계몽주의, 공리주의, 실용주의 등은 인간을 위해 실용적인 측면에서 이용되는 모든 자연의 자원들은 당연히 인간을 위한 기계적인 활용이 가능해야 올바른 것이고 인간을 행복하게 하는 것이라고 하는데, 이러한 맥락에서 육우를 하나의 생명으로 간주하지 않고 인간의 행복을 위한 자연의 단편적인 도구로 보며, 따라서 육우를 기계적인 시스템으로 도축하는 것에 대해서는 생명에 대한 소중함을 느끼지 않아도 된다고 계몽주의의 영향을 받은 사람들은 주창한다고 한다

즉 계몽주의 사상이 인간이 육우를 무 자르는 것처럼 도살하는 것에 대한 생명 경시의 면죄부를 주었다고 리프킨 교수는 이야기 한다

이 부분을 읽으면서, 이 사람, 행동주의 철학자 맞군…… 하는 생각이 들었고 그의 주장이 꽤 흥미로웠다

(이 부분 읽을 때 몰입하다가 역시나 또 지하철 내릴 역을 지나쳐 버렸다……)

하지만 계몽주의 사상 이전의 예전 인간들은 소와 같은 동물을 죽이는 것에 많은 미안함을 느꼈고 따라서 하늘에 대한 재물로서 가축을 죽일 때는 경건한 의식으로 도축되는 동물에 대한 예의와 미안함을 표출했지만 지금 인간들은 그렇지 않다고 주장한다

또한 현재 미국의 도축장에서 시스템화되어 있는 도축 프로세스를 보지 못한 일반적인 사람들은 오늘도 무심하게 패스트푸트 속의 다진 소고기를 아무 느낌 없이 먹고 있지만, 이 책을 한번 읽어 보면 우리가 먹는 육우가 살아있는 생명으로 경건하게 취급되고만 있지 못하다는 것을 느끼게 된다

즉 도축업자의 최대한 경제적인 이득을 위해 육우가 비윤리적으로 살충제, 호르몬제, 화학약품 등으로 뒤범벅이 된 좁은 우리에서 사육되고, 또한 육우의 건강을 위해 살을 찌우는 것이 아니라 단위면적당 고기 양을 최대한 늘리기 위해 비상식적으로 키우고 있고, 그것을 우리가 먹고 있다는 경각심을 일깨워준다

그리고 냉동 기술이 발전되면서 1800년대 후반에 아메리카 대륙의 버팔로가 버팔로빌(버팔로 사냥꾼)에 의해 강제 축출되고 롱혼, 숏혼이라는 육우가 대륙의 초지를 점령하게 되었고, 이 고기가 유럽으

로 냉동 수출되면서 미국도 결국 육우 산업화에 뛰어들게 되었고, 대량 번식된 육우에 의해 미국 대륙의 초지가 부족하게 되면서 결국 인간이 먹는 곡식류까지 육우의 먹이로 소비되었고 이것이 결정적으로 인류의 기아 요인의 발단이 되었다고 주장한다

예전부터 서양에서는 rare나 medium의 핏덩이 소고기 스테이크는 가진 자에게 주는 음식이며, 가지지 못한 계층에는 스튜와 같은 찜 요리가 주어지는 경향이 있다면서 소고기를 먹는 사람에게도 계층이 존재한다고 리프킨은 말한다

이 책은 워낙 많은 내용이 들어있기 때문에 전부 이야기할 수는 없고

하나의 인간으로서 이 세상에서 모든 생물과 삶을 더불어 살고 싶은 사람들은 한 번 읽어보면서 우리의 식생활이 다른 생물을 존중하지 않는 너무 잔인한 식생활을 유지하는 건 아닐까 하고 곱씹어 본 후……
…… 따라서 풍요의 질병이라는 비만 관련 합병증, 당뇨, 심장발작, 고지혈증, LDL 등이 자연이 건방진 인간에게 주는 벌이라고 생각하고 겸손하게 몸을 낮추는 건강한 삶을 살도록 스스로에게 물음을 주는 것이 어떨까 하는 생각이 든다

feeding

내 뒷자리에 있는 미스터 준은
거의 자기 자리를 원시림으로 꾸며놓았다
물론 원시림이라고 표현하는 건 조금 과장된 표현이지만
하여튼 별별 화분을
책상 위 옆 자투리 자리에 가져다 놓고 일한다
그중에는 물을 넘 많이 주면 죽는 화초도 있다고 하는데
어느 날 청소하는 아주머니가 좀 더 혁신적인 업무 모습을

보여주시겠다고 과욕을 부려서 그러신지

미스터 준의 화초에 아침 청소하시면 물도 주셨다

근데 그 화초는 물을 넘 자주 주면 안 되는 거라

미스터 준이 청소 아주머니 보시라고

쬐그만 메모 하나를 화초에 붙여 놓았다

물 주지 말아 달라고……

자양분이 되는 것이라고 무조건 좋은 것은 아니겠지

……

너도 떠나보면 나를 알게 될 거야 – 김동영

만약에 말이야
오늘 출근했는데 회사에서 통보가 왔어
내일부터 그만 나오라구 ㅠㅠ
그래서 그 짤린 사람은 이렇게 생각했지
'이왕 이렇게 된 거…… 여행이나 가자……'
이렇게 맘먹고는 바로 신변을 정리하고
팔 수 있는 건 다 내다 팔고 마치 다시는 돌아오지 않을 듯
전부 정리하고 여비를 마련해서……
이렇게 시작해서 대략 230일 동안 미국 횡단 여행을 한
사람이 쓴 『너도 떠나보면 나를 알게 될 거야』라는 책이 있다

이 책은 여행 작가가 일상적으로 쓰는 기행문 스타일이기보단
미국 횡단을 하면서 들른 각 장소와 그 장소에 대한 이미지를
마치 하나의 시처럼 예쁜 사진과 함께 표현했다
내가 느낀 이 책은
시원시원한 산들바람이 조금씩 불어 상쾌한 어느 밤
별이 눈부시게 쏟아지는 조용한 시골 길에서
우연히 만난 수많은 반딧불이를 혼자 보면서 감동에 겨워

외로움 속에서도 삶의 행복을 온몸으로 느끼는 느낌!

이라고 표현하고 싶다

이런 책은 흔들리는 지하철보단

해바라기 꽃이 태양 빛을 받고 있는

한적한 시골 토담 옆 그늘에서

하림이나 김연우의 노래와 함께 읽는 것이

딱 좋을 듯하다

육아기

음……

네이버 카페를 우연히 들어갔다가 본 글이다
무명씨 글로 퍼진 듯해서 어느 분이 처음   는지는 모르나 그분께
마음의 양해(?)를 구하면서 그대로 옮겨보았다

이 글을 직접 쓴 사람의 촌철살인 유머에 경의를 표함이다!

나도 이미 이렇게 육아기를 보내고 있다

43년(개월 수는 몰라요-_-;;)째 되구요, 키 175에 80킬로 나가요.
제대로 성장하는 거 맞는지……
○○○소아과 사이트에 가보면…… 팅길까요-_-;
요즘 이유식 완료긴데(몇십 년째^^;) 뭘 만들어줄까……
맨날 고민, 또 고민이에요.
뭘 만들어줘도 몇 숟갈 먹긴 하는데,
갈수록 입맛이 까다로워지는 건지,
간땡이가 부어가는 건지…… 은근히 반찬 투정이네요.

어제는 복날인데, 삼계탕 안 해 준다고 생떼를 쓰는데……

아주 혼났어요 > _ <

하도 울고불고해서 달걀 프라이 하나 해줬더니,

좋아하더라구요. 흐뭇~

맘 같아선 뭐든 일주일치 한 솥 만들어다가……

하루 분씩 냉동해서 아침저녁으로 먹이고 싶은데,

엄마 맘이 안 그렇잖아요……

그래도 정성껏 그때그때 해 먹이고 싶고……

그래서 곰국 끓이려는데-..- 여름에 괜찮을까요?

그리고…… 43년쯤 되면 다들 구름과자 끊을 때 안 되었나요?

제 친구네는 벌써 끊었다는데,

울 아기는 아직도 호시탐탐…… 구름과자 찾네요.

억지로 끊게 하면 성질 버릴까봐 걱정이구……

그렇다고 그대로 두자 하니 돈도 만만찮고……

이것 때매 이유식이 더 안 되는 듯……

참, 43년 되면 설거지 할 수 있겠죠?

어르신들은 좀 이르다구……

50은 돼야 조금씩 할 수 있다고 하는데……

요즘 아기들…… 다 빠르잖아요.

이번 주부터 한번 가르쳐 보려구요.

첨엔 접시 두 개부터 시작해서 서서히 양을 늘리면 되겠죠?

그다음엔 방 닦기도 시도하렵니다.

전에 좀 하는 듯해서 기특하게 생각했는데,

요즘은 도통 하지를 않네요.

요즘 엄마들 극성이라 하지만,

요즘은 뭐든 잘해야 중간이라도 되잖아요. 그리고……

○○○맞고……인가 고도린가……

그거…… 43년쯤 되면 다들 지루해하지 않나요?

다른 놀잇감으로 바꿔 주고 싶은데,

(소 근육 발달을 위한 마늘 까기 등……)

뭐 좋은 거 없을까요?

너무 한 가지 놀잇감에 몇 년째 집착하는 거…… 걱정돼서요.

좋은 거 있음 추천 좀 해주세요.

그럼 모두~ 예쁜 아기 즐육하세요^^*

the eye of a typhoon

올려다보면 높디높은 푸른 하늘이 보이고
잔잔하며 평화롭고 한적하기만 하고 조용하기만 하지만
알고 보니 태풍과 일생을 함께할 수밖에 없는
태풍의 눈 속에서 지내고 있는 것이 인생 아닐까…….

힘듦의 미학

예전 군대 있을 때 6시에 기상
군대 가기 전
인생에서 가장 널부러진 시간을 보낼 때 취침시간이
새벽이었고 기상 시간 해가 중천에 떴을 때였다
그러다가 군대 가서 6시에 기상을 하는데 거의 죽을 맛
그것이 적응되는 데 며칠 안 걸리더군

그리고 다시 대학생활
다시 늦잠 실컷 자고 늦게 학교 가며 생활하다가
사회생활 초년
당시 회사가 7.4제라 7시까지 출근
새벽 5시에 일어나기가 거의 고문이었는데
그것도 한 일주일 하니까 걍 적응되더라

지금 새로 시작하는 프로젝트는 경기도 이천
8시까지 가려면 5시에 기상이다
보통 땐 7시 반에 일어났는데 이제 그 생활 이틀째를 하니
또 적응하느라 비몽사몽 간에 하루를 보낸다

아마 이번 주 넘어가면 역시나 적응되겠지

즉 혼자 알아서 적응하도록 스스로가 스스로에게
꾸욱 참으며 당분간만 힘들어도 배려를 하면 다 된다
단지 그것이 1인칭이 아니라 2인칭이 될 때
인간관계라는 현실의 벽이 나오게 마련이다
퇴근하다가 집 앞 사거리에 잠깐 주차시켜 놓고
편의점에서 따스한 밀크초코 한 잔 마시며
몇 십 분 정도 편의점 밖 창가를 보다가
그런 생각이 났다

사랑을 놓치다

케이블 티브이에서 모처럼 예전 보았던 영화를 해 주었다
김연우가 부른 노래가 영화 배경과 너무 너무 좋았던 기억이 났다

"사과나무에서 젤 큰 사과를 따려는데
따려고 하면 옆의 게 더 큰 것 같고
또 따려고 하면 더 큰 게 있을 것 같고
결국 하나도 못 따고 시간만 다 지나고 만 거지.
무슨 말인지 알겠나……
이거다 싶으면 잡는 거야…… 놓치고 나서 후회하지 마라.
있을 때는 절대로 모른다.
헤어져봐야 아는 거다 얼마나 사랑했는지는……"

영화에서 나온 말이다

컨버전스

철판을 용접기로 자르고 금고를 턴 강도를
미술학자가 잡았다고 한다

전자공학 과학자가
시골 산간을 돌아다니며 개구리를 채집한다고 한다

걍 보면 cause & fact가 별 상관관계가 없어 보인다
근데 요즘 휙휙 돌아가는 시대에는 다 상관관계가 있다고 한다

즉 미술학자는 금속 조형물을 만드는 미술학자라 학교에서도 공부
를 하지만, 금속공장에서도 일을 배우며 철판을 다루는 법을 배워
야 하고 그래서 강도가 자른 철판의 특이점을 분석할 수가 있었고
전자공학자는 아날로그 전자공학만 배우는 것이 아니라 동물의 신
경망 체제까지 알아야 인공지능적인 전자기술의 구현이 가능한 것
이다

가만 보면 모든 학문의 근원은 철학에서 나온 것이라 다 상관관계
가 있고 예전엔 하나의 학문으로 취급 되던 것이 이제는 좀 더 세분

화되고 좀 더 전문화되어서 다 다른 학문처럼 생각하게 된다는 것인
데 말야, 그것이 다시 컨버전스되고 있다고 화장실에서 신문 뒤척이
다가 그 기사를 읽었다

음…… 그렇군……

하고 그냥 넘어갈 수도 있지만 각자의 전공분야가 다 다른데 그걸
넘어 더 배워야 경쟁력이 있다는 현재의 삶이 참 힘들게 느껴진다
기술의 진보가 인간을 좀 더 편하게 한다고 생각하지만 어차피 인
간도 동물의 한 부류인 이상 걍 달팽이 정도의 속도로 모두들 살아
가면 편할 수도 있겠다…… 하는 생각이 든다

여유 …… leave a margin

사람들은 여유를 찾지 못한다
바쁠 때는 바쁘기 땜에 그렇고
시간이 많을 때는 역설적으로 무료해서
여유의 정의에 충실하지 못하다

여유란 뭘까나……

여유가 가장 달콤할 때는
가장 가장 가장 가장 바쁠 때

찾아오는 것인가 보다
지금 늦게 퇴근하고
내일 다시 시작되는 바쁜 하루를 앞둔……
자기 직전 야밤의 지금 현재
이 글을 끄적이고 있는 지금 이 시간

두 시가 다 되어 가지만 지금이
가장 여유로운 한때이다
자전거 바퀴가 잠깐 멈춰있는 듯한
이 시간……

바이준의 피아노가 정말 편하게 다가온다

my favorite

혼자 여행 갈 때,

이름도 모르고 지역도 모르고

그냥 전라도 해남 가는 길에 우연히 만난 어촌

주변엔 아무도 없고 가을날

아직은 따가운 햇살을 막아주던 조용한 바닷가 어느 벤치……

거기서 혼자 아무것도 하지 않고 물끄러미

바람과 공기와 바다와 가을 냄새를 맡았던 그 벤치

과거로 돌아가고 싶다면
저 사진 찍을 때로 다시 함 가고 싶다

하여튼 여행 갔을 때 찍은 풍경 중에 제일 기억이 나는 사진
저게 몇 년 전이더라……
일주일 휴가 동안 혼자서 차 몰고
우리나라 전국을 돌아다니며 구경할 때 찍은 거……
저기 딱 한 번만 더 가보고 싶지만
어딘지도 잘 기억이 나지 않는다……

혼자 휴가를 가게 되면 좋은 건
하루 종일 말을 안 할 때도 있다는 거
나처럼 말 많이 하는 직업은 이런 휴가가 필요해……

다 타고 남은 재

저 다 타버린 성냥처럼 저렇게
자기 한 몸 그대로 불사르고 가겠지
모든 인생이란 것이…….

단지 그 불사름이 본인이 후회 없고
하고 싶은 것에 받쳤다고 한다면
행복할 거다

워크샵 때 나 혼자 놀면서 성냥 몇 개 태웠더니
같은 방 썼던 영준 조가 무지 '지랄'했다
담배와 관련된 모든 것을 저주하는 사람이라……

savants syndrome

티브이에서 Savants Syndrome이란 스페셜 프로그램을 봤는데
서반트 신드롬이란 게 무엇이냐 하면
정신지체 자폐증을 앓거나 신체가 부자연스런 사람들이
천재적인 재능을 보여주는 것을 말한다
자폐증을 앓고 있는 7~8살짜리 꼬마들이
미술 감각이 월등하거나
딱 한 번 듣고 줄줄 피아노를 친다던가……

이런 사람들은 보통 우뇌가 발달한다
예전 만들어진 〈rain man〉이란 영화의 실제 주인공도
보여줬는데 약 만 권의 책을 통째로 다 외운다고 한다
대단하더군

정상인들처럼 되지 못한 사람들의 이런 능력을 보면서
부족한 부분에 대한 신의 선물이라고 해도 될지 모르겠다
가만 생각해보면
어떤 특정한 부분에 천재적인 재능을 가지고 있는 사람들은
보통의 사람들과 대인관계가 그리 원만치

않은 경우가 많다

혹시나 그러한 이유가 정상인들이 생각하지 못하는 부분까지

생각하는 천재를 '정상인'이라고 부르는 보통의 사람들이

이해를 못하기 때문이 아닐까

그래서 천재는 고독한가 보다

단지 숫자상으로 볼 때 천재가 너무 적기 땜에

소위 '다수의 법칙'에 따라서 천재 입장에서

대략 바보들인 사람들이 세상의 다수를 차지하고 있어서

마치 바보들이 정상인인 것처럼 여겨지기 때문에

정상인인 천재가 고독해지는 것은 아닐까……

그런데 중간뇌가 있는지는 모르지만 정말 중간뇌는 혹시나

노력을 관장하는 건 아닐까 모르겠다

아무런 재능이 없는데 노력 하나는 뛰어난 거……

일단 나는 그거라도 제일 가지고 싶네……

bone marrow ……. 사람의 골수

어떤 고등학생 아이가 있다
대통령배 전국 고교 레슬링대회에서 84kg급 2등을 했는데
이 아이에게 의사 선생이 하는 말

"삶에는 두 가지가 있는데 짧고 굵게 사는 거랑
가늘고 길게 사는 것이 있지
그런데 보통 젊은 사람들은 전자를 택하는데
젊을 땐 폼나잖아 짧고 굵게……
그런데 부모 입장에선 그게 아니거든
선택은 네가 하는 거다
성공 확률은 50%"

이 아이가 골수에 문제가 생기는 희귀병에 걸려 있는 고등학교
레슬러이다
이 아이에겐 골수이식이 필요하다고 하면서 티브이에 나왔다
이식 수술을 하더라도 50%의 성공률이라……
수술에 성공하면 가늘고 긴 삶을 살 수 있단다

사람들이랑 이야기해 보면 가늘고 길게 살아 봤자
무슨 소용이 있느냐고 흔히 말한다
아프면서 오래 사느니
그냥 건강한 나이 때까지만 살고 그냥 죽겠다고들 한다

그런데 가만 가만 생각해 보니 보통사람들이 "짧고 굵게 살 거야."
하고 무심코 내뱉는 말이 큰 병이 있고 그 주변에 사랑하는 사람들
이 있거나 시한부 인생을 살고 있는데 수술을 해도 소용이 없이 그
냥 죽을 준비만을 할 수 있는 생이 남아 있는 사람들에겐 서운한 말
이다

예전 군대 있을 때 축구 하다가 왼쪽 다리가 부러져서 병원에 2달간
있었다
그때 수도통합병원엘 갔는데, 물론 나같이 시간이 해결해주는 단순
한 병(?)······ 골절 환자도 있었지만 그렇게 죽을병에 걸린 사람들이
많을 줄은 몰랐다
평상시엔 몰랐는데 병원에서의 삶은 살고자 하는 사람들이 죽음의
문턱에서 조금이나마 빠져나와서 계속 살고자 몸부림치는 투쟁의
장소였다

낼 혹은 낼 모레 죽을지도 모르는 불치병 환자에겐 가늘고 길더라도
하루하루의 아침 햇살이 좀 더 계속되는 것이 가장 큰 소망일 거다

그래서 병 없는 보통의 사람들이 툭 하면 "죽고 싶어" 하는 넋두리는 가늘고 길게 살 수 없는 사람들을 생각한다면 도리가 아닐 거다

그래서 생각했는데 우리가 살아가다가 가끔 아프게 될 때 혹은 힘들 때……. '요즘 인생 너무 건방지게 살았나 보군. 아픈 것이 다시 초심으로 가란 말씀이다' 하면서 좀 더 스스로의 몸에 감사하면서 사는 것이 어떨까

퍼플 컬러

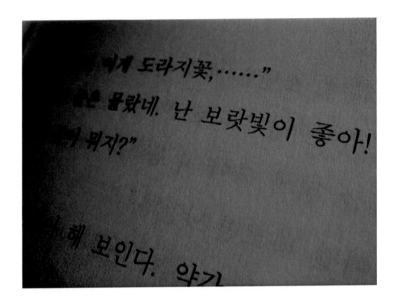

오늘은 조신하게 집에서 예전에 산 『다시 읽는 국어책』이란 책을 읽다가 문득 예전 중학교 때 가장 좋아했던 구절을 읽게 되었다

"난 보랏빛이 좋아."

근데 보라색 좋아하면 슬픈 일이 많이 일어난다고 하던데……
보라색 이야기를 하니 예전 보라색 옷이랑 관련되어

생각나는 일이 있다

대학교 3학년 때 소개팅해서 어떤 여자를 만나게 되었는데
3번 만나고 헤어졌다
마지막 그 여자 말

"우리 고만 만나지요……(조용~~~~)"

그리고 뜸들이다가

"그리구요…… 그 보라색 폴로티 그만 입으세요…… 만날 때 계속
그 옷만 입으시던데……"

학교 다닐 땐 방학 때마다 아르바이트로 방학을 꽉 채워서 등록금
버느라고 별로 옷이 없었는데 그때 가장 좋아하는 옷이 그 옷 보라
색 폴로티라 난 그 여자 만날 때에는 며칠 전에 깨끗하게 그 옷만 손
빨래 해서 입고 나갔었다

이것도 보라색 때문에 벌어진 슬픈 일이라고 할 수 있나
지나간 추억이 되고 나니 지금은 재미난 에피소드로
내 기억의 한곳에 있을 뿐이다

참 저 책의 저 구절은 다 알겠지만
황순원 님의 소나기의 한 대목이다

황순원 선생 이야기 하니 다시 생각나는 에피소드가 있다

예전 내가 고등학교 1학년 때쯤인가
〈MBC 청소년 문학상〉이란 공모전이 있었다
허접하더라도 소설을 하나 쓰고 싶었는데,
나이가 어려서 아직 공모전에 소설을 낼 수는 없었다
하지만 언젠가는 내리라…… 하고 방학 때 원고지를 사서
거의 300장까지 쓴 적이 있다

친구에게 한 번 읽어보라고 주었더니
친구 왈

"황순원의 소나기와 알퐁스 도데의 별을 아주 잘 섞어서
본인의 색채로 지랄을 했구나…… 버려라"

나

"……"

Slow thinking

사람들은 스스로의 인생을 만들어 가면서 그 길에서 힘들 때 심오
한 고민 없이 이런 말을 한다
"장사나 함 해 볼까" 혹은 "하던 거 때려치우고 농사나 지으러 시골
로 함 내려갈까……"
즉 현재 하고 있는 일이 힘드니 지금 일보단 조금 쉬워 보이는 일을
'~나 해 볼까'라는 일말의 괄시를 담고 내뱉는다
과연 그럴까?

예전 '~나'에 대해서 정말 호된 경험을 한 적이 있다

그러니까 군대 제대하고 대학 3학년 초에 스승의 날 며칠 전 고3 때
동창 한 명이랑 졸업한 고등학교를 간 적이 있다
원래 고3 때 담임선생님께 인사하러 갔는데 교무실에서 우연하게
1학년 때 담임선생님을 만나게 되었다
그래서 넘 반가워서 인사 드렸더니 조금 기억을 더듬으신 다음에 나
를 알아보셨다
그리고 잘 지내냐고 나에게 물어보셨는데 내가 "예…… 잘 지냅니
다. 스승의 날 때는 못 올 거 같아서 시간이 좀 남을 때 선생님이나

뵈려구 왔습니다." 했다

그러자마자 선생님…… 거의 인상을 찌푸리시는데……
내가 뭘 잘못했나? 하고 의아해하는데 선생님 말씀

"넌 시간 남아서 선생들이나 보러 왔구나…… 선생들이나 응……"

'허컥' 실수했다……
선생님 만나러 온 것과 선생님이나 만나러 온 것은 그 말의 뉘앙스
가 하늘과 땅 차이 아닌가

더 이상 크게 나무라시지는 않고 그냥 뒤돌아 가셨는데 정말 창피
하고 죄송해서 죽는 줄 알았다
그 뒤로는 중요한 것에 '~나 하지' 하는 말에 상당히 강한 부정적 어
감을 가지게 되었다

집에 와서 티브이를 보는데 어떤 음식점 사장님이 말한다

"사람들이 툭 하면 '장사나 할까' 하는데 내 사업이 아무리 미천한
장사라고 할지라도 '장사나 할까' 하는 쉽게 던지는 말로는 절대 성
공할 수 없답니다"

절로 고개가 *끄덕*일 수밖에 없는 말이다

아마도 개인적인 일이나 업무나 사랑이나 친구관계나 겸손하게 시작하고 생각에 생각을 거듭하고 접근한다면 다 되지는 않더라도 최소한 안 되지 않게 만드는 성공 확률이 좀 더 클 것이다

매미

어제랑 오늘 휴가다

저번 주말 날씨예보 보니(비록 잘 맞지는 않지만……)

이번 주는 비 없이 일주일 내내 쨍쨍한 태양만 가득할

것이라고 하길래

옳다구나! 하고 화욜이랑 수욜 그냥 휴가 내고 놀고 있다

8월 첫 주라 그런지 모두 휴가를 가서 도로도 한산하고

뜨거운 한낮의 태양을 온몸으로 맞으며 한강에서

조깅하고 들어오니 그 증거가 남아버렸다

어제는 오전에 나가서 운동하고

점심밥 혼자 집에서 맛나게 해 먹고

다시 한강에 조깅 한 시간……

울 어머니 집에 가서 이른 저녁 얻어먹고 다시

자전거 타고 한강에서 놀다가 들어왔다

이 더운 날 에어컨 바람 속이 아니라 한낮의 태양을

그냥 맞으며 온몸에서 땀을 흘리고 조깅하느라 숨차고

목은 마르지만 내가 살아 있다는 것을 느낄 수 있어서

정말 행복했다

사람들이 휴가를 손꼽아 기다리는 것이 이런 느낌

때문일 거다
그런데 책 읽다가 창문을 보니 큰 매미 한 마리가
날아와 방충망에 앉아 있다
여름날 우렁차게 울고 불과 며칠 살다 죽는 저 매미는
지금 신나게 여름 하늘을 날아다니는 것이 즐거울까
아니면 마지막 삶을 보내길 아쉬워하는 걸까
하기야 땅속에서 수년을 지내다가 그 며칠 밖으로 나와
후세를 남기고 죽는 매미의 입장에서는 이 여름이
마지막 추억으로 남는 슬픈 여름이 되겠군
하지만 어제와 오늘을 즐기면서 보내는 나의 입장에서는
어제와 오늘 같은 여름날의 한낮은
정말 행복하고 이쁘기만 하다
8월 첫 주의 여름을 함께 보내고 있는
매미와 나 사이의 삶의 아이러니이다

벤자민 아저씨

미국의 벤자민 플랭클린이란 사람이 젊은 시절
강을 따라 유람선을 타고 여행을 한 적이 있다고 한다
그때 배가 망가졌는지 유람 중에 강에서
앞으로 배가 나아가지 못하고 잠깐 대기할 수밖에
없었다고 한다
그때 강가 근처의 땅을 보니 푸른 잔디 위에 나무 한 그루가

이쁘게 서 있었는데

그 나무 그늘 아래서 잠깐 쉬면 '딱' 좋을 것 같았다고 한다

그래서 선장에게 애걸하여 잠깐 뭍으로 올라갔는데

내려 보니 잔디가 아니라 질퍽질퍽한 진흙에

수초 범벅이고 나무 근처엔 모기를 비롯해서

별 해충이 너무 많아서 그냥 다시 배로

돌아왔다고 한다

아침에 출근 전 화장실에서 읽었는데

현실에서 탈출하고 싶다고 느끼고

막연히 옆 동네가 더 좋아 보일지라도

실제는 다 그렇지 않다는 걸 새삼 생각하게 하더군……

그렇다고 현실의 안주도 문제이겠지만

막연한 허상만 보고 실체를 못 느끼는 것도

문제일 거다

참으로 인생은 현실과 희망 사이에서

조율을 잘 해야 하는 하나의 게임일지도 모르겠다

살아 움직이는 아이들

광복절이 낀 연휴 중간을 보내고 있다
회사 식구 병문안 갔다가 오늘 예약된 치과랑 물리치료 병원이랑 두
군데 다 돌고 오니 금세 6시였다
제이랑 놀아주다가 잠깐 졸다가 밤에 나가서 걷기 하고 돌아왔다
요즘엔 조깅보단 걷기를 더 많이 한다
시간 나면 그냥 걷는다
사색하기도 좋다

밤 10시 반 정도에 집에 들어오는데, 아파트 앞을 초등학교 고학년
정도 되는 아이들 몇 명이 탄 학원버스가 지나가고 있었다
아이들은 휴대폰을 보고 있거나 버스 창문에 기대어 졸고 있었고,
버스 옆 학원 이름은 무슨무슨 영어학원!
그 학원 이름 위로 '살아 움직이는 영어……' 라고 써 있었다

학원은 돈 잘 벌어 살아 움직일지는 모르겠는데, 저 초등학생 녀석
들이 밤 10시가 넘어 학원버스 타고 집에 가다니……

울 제이는 절대 소위 '저런 것' 시키지 말아야겠다

집에 들어와 티브이를 돌리다가 EBS를 보니 어떤 다큐가 나왔는데 부모가 "내가 자식에게 바라는 직업을 시키기보단 아이가 더 많은 삶의 경험을 가지게 해 주고 그 중에 자기가 관심이 있는 것을 찾아가게 해 주고 싶어요."라는 인터뷰가 나왔다

제발 제이는 학교 공부를 잘하지 않았으면 좋겠다

땅을 기어다니는 개미와 지렁이를 더 관심 있어 하고 석양과 구름을 더 많이 바라봤으면 좋겠다
친구가 힘들 때 옆에서 어깨를 만져주는 사람이 되면 좋겠다
공부 잘해서 서울대 나와 최고의 대기업 들어가 0.1%에 들어서 임원 달고 서울의 가장 비싼 아파트에 살지 않았으면 좋겠다…… 그 길은 아무리 사람이 똑똑하고 뛰어나더라도 남을 이겨야 가는 길이니까……

권력을 잡고 자리의 오름에서 야망과 희열을 찾지 말고 자기가 너무도 하고 싶은 일이 중고등학교 때부터 생겨서 그 일을 너무 하고 싶어서 대학을 가기 싫어하고 빨리 학교를 졸업하던 중퇴를 하던 그 일을 하고 싶어서 열정이 얼굴에 써 있는 사람으로만 큰다면 인생의 절반은 성공한 것이리라

(근데 난 과연 부모로 적절한 사람일까……)

나는 지금 어디에 있는가

밤하늘에 빛을 내는 별이 그렇게도 많은데 왜 밤하늘은 컴컴할까?
상식적으로 밤은 컴컴한 것이 정상이라고 항상 당연한 논리로 생각
하고 살았는데
밤하늘이 컴컴한 이유가 있다고 한다

즉 우주가 지금도 빛의 속도보다 더 빨리 팽창하고 있어서 점점 커
지는 우주 속에서 그 많은 태양 같은 별들이 내뿜는 환한 빛이 빛의
속도보다 더 빠르게 팽창하는 우주의 속도를 따라가지 못해서……
그래서 빛이 우리 눈에 닿지는 못해서 컴컴한 것이란다

이 주장을 한 사람은
이 주장이 너무도 아름다워서 진실이 아닐 수 없다고 했단다
이 사람이 미국의 작가이자 아마추어 천문학자인
애드거 앨런 포란다

예전에 샀던 책 중에 한 권을 침대에 누워 읽다가 이 부분에서
잠깐 천장을 보면서 곰곰 생각해 보게 되었다

철학자는 나는 누구인가를 고민하고
천문학자는 나는 어디에 있는가를 고민한다고 하는데

나는 천문학자 스타일이 맞는 듯하다

주말에 먹은 음식이 체해서 오늘 출근해서
아침 점심 한 끼도 먹지 않았더니 좀 살 듯했는데
너무 힘이 없어서 집에 와서 죽을 큰 대접으로 몇 그릇 먹고
다시 소화 안 돼서 소화제 먹고 책 읽다가 이러고 있다
죽을 한 그릇만 먹었어야 했다……
이 죽일 놈의 자제력 없음의 비극!

진짜 나는 지금 어디에 있는가……

placebo

〈somewhere over the rainbow〉라는 누구나 잘 아는 오즈의 마법사
사운드 트랙이 있다
영국의 지하철 어느 개찰구에서 일하는 50대 아저씨의 꿈은 가수
가 되는 거란다
골든벨 소녀로 유명한 김수영이 그 아저씨에게 꿈을 물어봤더니
〈somewhere over the rainbow〉라는 노래를 바로 부르면서 그 아저
씨는 퇴근 후엔 펍(영국의 술집)에서 공연을 하면서 가수의 꿈을 키운
다고 했다

아마 우리가 무심코 스쳐지나가던 주변의 의식치 못한 사람들도 하
나하나 물어보면 그 사람의 꿈이 나 못지않게 많고 원대함에 놀라지
않을까…… 싶다

오즈의 마법사의 오즈도 엄밀히 보면 그냥 평범한 사람이다
오즈를 찾아온 깡통로봇에겐 비단으로 만든 심장을 주고
허수아비에겐 왕겨로 만든 뇌, 사자에겐 용기의 약을 준다
그래서 허수아비는 왕이 되고,
양철 로봇은 윙키 나라를 다스리고

사자는 동물의 왕이 된다

별 신선하지도 않은 솔루션인데
모두들 만족하고 결국 다 행복하게 되었다
받아들이는 사람이 누구냐에 따라
정말 아무것도 아닌 것이 명약이 되었다
이게 플레시보 효과 아닐까……

기관지염증 약을 먹고 있는데 이게 꽤 독하다
먹으면 일단 계속 잠이 오고 입속이 써서 물을 자꾸 먹게 되고
물 많이 먹다 보니 자다가 계속 화장실을 가게 되고
그리고 또 약기운에 자고 물먹고 화장실 가고…… 그렇게 된다
그리고 부작용으로 이 약 먹고 난 후 계속 설사가 난다

근데 기관지염증은 효과가 있는 것이 느껴진다
숨쉬기도 꽤 편하다
그래도 설사가 나는 걸 보면……

하나를 얻게 되면 반드시 다른 하나를 잃어야 되는 것을 기관지약
먹으면서 득도했다
만약 내가 매우 신봉하고 믿는 누군가가 그냥 비타민 알약 주면서
이거 먹으면 기관지 염증에 효과가 있다고 하고 단지 부작용으로 설

사가 심할 거라고 말하면서 나에게 약을 주었다면 동일한 효과와 부작용이 있을까?

김수영이 1년 동안 세계를 돌아다닌 후 쓴 책을 읽다가 런던 개찰구 아저씨 꿈 이야기 부분에서 이런 생각까지 하게 되었다

내일 월요일 또 비 온단다
3주 연속 월요일 비다

You're Looking Very Well

지난달 영국 런던대학(UCL) 생물학과의 루이스 월퍼트 명예교수는 『당신 참 좋아 보이네요(You're Looking Very Well)』라는 책을 통해서 인생의 행복은 80세 즈음에 절정에 이를 것이라고 주장했다

점심 먹고 인터넷 뉴스를 읽다가 보니 위와 같은 기사가 나왔다
뉴스 기사는 20대 젊은 시절엔 미래에 대한 막연한 기대가 있어서 삶의 만족도가 꽤 좋고 가장 삶의 만족도가 떨어지는 기간은 40대이며, 특이 45살이 최저점이라고 한다

45살이면 가족 및 아이들 부양에 가장 큰 지출이 있으면서도 회사에서 중간 이상의 관리자로 많은 태클이 들어올 나이일 거다
회사를 옮기자니 나이 때문에 어렵고 장사를 하자니 회사 생활에 이미 완전 적응한 몸과 마음이라 망하기 쉬우니 자못 결정을 내리기 어려울 것이고, 따라서 회사 일 스트레스로 때려치우고 싶어도 할 수 없이 젊지 않은 몸에서 나오는 저전압 혈기로 결국 다시 머리를 수그리고 회사로 출근하는 인생에 있어서 가장 불행한 시절

기사에서는 다시 삶의 행복도가 올라가는 나이는 50대라고 한다
즉 인생을 달관한 나이가 된다는 거지

50대라……

이 기사에 관심이 많았던 이유는 나도 동감하기 때문이다

내 친구들은 '다시 20대로 갔으면 좋겠다'라는 말을 많이 하는데
나는 되레 빨리 시간이 가서 50대가 되었으면 좋겠다는 말을 자주
한다
20대는 절대 돌아갈 수 없는 시절이고 50대는 결국 맞이하게 될 시
절이니 더 현실성이 있는 시절이다

내가 50대가 빨리 되고 싶은 건
첫째 40대에 지금처럼 치열하게 보내고 나면 50대엔 지금보다 더 맘
의 여유가 생길 것이다
둘째 이러한 여유 속에서 본인이 좋아하는 일을 더 많이 할 수 있을
것이다
셋째 40대에 열심히 몸 관리 잘 해서 50대에 마음의 여유와 시간을
활용해서 열심히 책도 읽고 쓰고 강의도 하고 싶은 나의 생활을 할
수 있을 것이다

그러고 보면 미래는 참 좋은 거다

과거에 못했던 것이나 현실에 힘들어하는 것을 모두 떨쳐버릴 수 있는 희망이 '미래'라는 시간을 통해 인간에게 희망을 주니……

직장인의 소소한 행복 1

보통의 직장인 남자들이 일요일 저녁을 보낼 때
그냥 쳐다만 봐도 가장 뿌듯한 것을 고르라고 하면
아마도……
셔츠 10벌 다려 놓았을 때일 거다 ㅋㅋㅋㅋ
앞으로 2주는 걱정 없겠다…… 다림질할 걱정!

노는 만큼 성공한다

'창의력'이란 단어를 사전에서 찾아보면
이렇게 써 있다

> 창의-력 創意力 [명사]새로운 것을 생각해 내는 능력.
> 창의력을 발휘하다
> 청소 당번이 돼도 줄반장이 시키는 대로 시늉만 냈으며 학
> 급 일엔 조그만 것이나마 창의력. 협동심. 근면성. 책임감
> 따위를 내보이기도 싫어졌다. (출처: 이문구. 장한몽)

근데 김정운 교수는 위 단어의 사전적 정의가
틀렸다고 한다
즉 창의력이란 새로운 것을 생각해 내는 능력이 아니라는 거다
없는 것에서 어떻게 새로운 것을 창조하냐는 이야기다

김정운 교수는 사람에게 창의력이란

이미 존재하는 것을 다른 사람들은 그냥 무시하고 간과할 때
그 존재하는 것을 다른 방향에서 바라보고

그 존재하는 것을 이용하여 다시
새로운 조합을 만들어 내는 것이라고 한다
이러한 창의력은 아이들이 가장 왕성한데
즉 아이들은 빗자루 하나만 있으면
그 빗자루를 가지고 총 놀이도 하고
칼싸움 놀이도 하고
말처럼 타기도 하고
하늘을 날기도 한다

그런데 어른이 되면 그냥 빗자루는 빗자루일 뿐이다
즉 그냥 존재하는 것을 보고 무덤덤하단 이야기다
어린아이들의 이러한 창의력이 커가며
어른들에 의해 없어지는데
집에서 빗자루로 노는 어린이를 어른들은
쓸데없는 짓 하지 말라고 하고 학원을 보낸다

창의력 증진을 위해 창의력 학원으로……

이 이야기는 김정운 교수라는 사람이 쓴
『노는 만큼 성공한다』라는 책에 나와 있다

또한 창의력은 어떤 일에 몰두할 때가 아니라

되레 산책을 하거나 조깅을 하거나 자전거를 타는 것처럼
여가생활을 할 때 가장 창의적인 생각을 하기 좋다고 한다
동감 동감!

내가 살아가고자 하는 삶의 방식을
어쩌면 이렇게 시원하고 정확하고
명확하고 재미있게 설명했는지……

설거지의 미학……

요즘 셰프들의 방송이 대세인 듯하다

티브이를 틀면 지상파나 케이블이나 유명 셰프들이 요리 배틀을 하거나 쉽게 만드는 요리를 보여주거나 한다

티브이를 보면서 느꼈는데, 하나의 동일한 요리를 하더라도 그 세세한 맛의 차이는 신기하게 다 있을 듯하다

불의 강도부터 양념의 양부터 조리시간부터…… 레시피가 존재하여 재료를 정확하게 측정해서 요리를 해도 만드는 사람마다 그 맛이 틀릴 거다

집에서 식사를 하게 될 경우가 많지는 않지만 그래도 주말이나 평일 일찍 퇴근할 때 요즘엔 거의설거지까지 다 하고 음식 쓰레기도 당일 당일 모두 버리는 편이다

음식쓰레기가 쌓이면 냄새도 나고……

결정적으로 이런 것을 해야 아마 집에서 '왕따' 안 당하고 더 나이가 들어 근로를 통한 가정경제에 보탬이 못 될 때의 혹시나 모르는 구박을 회피하기 위해서……

회사에서 점심 먹고 커피를 마시는데 수다 주제가 셰프들의 방송 이야기로 흘렀다
그때 같이 있던 한 사람이 이야기했다

"난 요리보다 설거지가 더 좋아요."

"왜요? 귀찮지 않아요?"

"요리는 항상 정확하게 똑같은 맛을 내기가 어렵지만 설거지는 그 사람의 스타일이 틀리다고 해도 그릇이 깨끗해지는 결론에 큰 차이 없이 대부분 동일하게 귀결되니까…… 그리고 깨끗해지니까 좋잖아요."

어느 사회나 어느 조직에서나 상대방을 위해 요리를 하는 것도 중요하지만 모두를 위해 치우는 것을 맡아주는 사람의 인성이나 배려도 무시 못 할 만큼 더 가치 있을 수도 있을 듯하다

'70년대와 '90년대 DNA……

회사에 요즘 핫한 강사인 서울대 소비자학과 김난도 교수가 와서 강의를 했다

강의 중에 동시대를 살아가는 세대에 대한 이야기가 나왔는데, 1970년대 생들과 그들의 아들 딸 세대인 1990년대 혹은 2000년대 세대가 동시대에 함께 생활하고 있지만 '과연 함께 살고 있다고 할 수 있을까'라는 이야기를 했다

물론 예전부터 기성세대는 '요즘 젊은 애들은…… 쯧쯧 ……세상이 어떻게 되려구'라는 말을 고대 그리스의 플라톤, 아리스토텔레스 시절부터 이야기했고 내가 청소년기를 보낼 때도 내 세대를 바라보는 내 윗세대들도 혀를 찼다

1970년대 우리나라 GNP가 2천 달러 초반 남짓이었고, 이때 태어난 사람들은 이제 겨우 조금 살만하긴 하나 아직은 우리나라에서 생산하는 쌀이 부족해서 혼식 장려운동이나 학교에서 급식으로 빵 먹기나 국수 먹기 캠페인을 하고 인구 억제 정책 시절이었다
소위 국민학교에서 반공포스터, 표어, 분식 장려 포스터 그리기 대

회가 있었고, 김일성과 북한은 '북괴'로 표현하고 머리에 뿔이 난 괴물로 묘사했던 시절이고 양담배나 외제물건은 불법이자 신고 대상이던 시절이었다

70년대에 태어나 70년대 후반에 국민학교를 들어가 중고등학교 교복 자율화 원년 멤버인 나 같은 사람에겐 케이블 티브이의 〈응답하라 1988〉처럼 실내화에 그토록 신고 싶었던 나이키 마크를 펜으로 그려서 신던 소위 조금 잘 살게 된 80년대와 90년대에 초, 중, 고, 대학을 나왔던 세대이고 우리의 아들 딸 세대를 90년대 후반 이후라고 보면 GNP가 만 불에서 이만 불을 넘어가던 시절에 태어난 세대인데 어떻게 동시대를 살아간다고 해도 2천 달러 GNP시절의 고리타분한 생각으로 그 열 배의 소득을 버는 상태에서 태어난 세대를 가르치려고만 하고 이해못한다고 할 수가 있느냐는 내용의 이야기를 김난도 교수의 강의에서 했다

즉 사고방식이 다를 수밖에 없다는 것을 근본적으로 이해하고 접근해야 한다는 것이다
기성세대가 다니는 회사라는 조직에서 현 세대를 함께 살아가는 사람들에게 마케팅을 하고 영업을 하고 물건을 만들 때 다르게 이해해야 한다는 의미이다

내 아들 세대가 생각하고 행동하는 것을 내 기준으로만 바라보지 말아야겠다

악마는 자라를 입는다……. 그리고 가성비

우리나라도 결국 일본처럼 저성장 늪에서 허우적거리고 있다

그런데 예전 저성장 때와는 다른 것이 아무리 허리띠를 졸라매도 본인이 '덕후' 스타일로 빠진 것에는 다른 것에 쓸 돈을 아껴서도 쓸 건 쓴다고 한다

예전엔 부자들이 프라다 같은 명품을 사서 입고 치장했지만 지금은 유니클로 자라 같은 패스트 패션 브랜드 중에 값싸고 패셔너블한 스타일로 스타일리쉬하게 꾸미고 있다

유니클로는 패션업계가 불황인데도 우리나라에서의 연매출이 1조 원을 넘었다

이제는 명품기업이나 대기업이 일방적으로 과시하고 싶으면 살 테면 사봐…… 하는 마케팅 시대가 저무는 듯하다

십년 전만 해도 맛집을 찾으려면 일방적으로 광고하는 것을 보고 먹고 샀지만, 지금은 우리 같은 사람이 가보고 우리 같은 사람이 올리는 개인의 의견을 스마트폰으로 찾고 쿠폰 받고 입소문으로 찾아가는 것이 스마트폰으로 공유가 되는 시절이니 가성비 좋은 곳을 찾

을 수 있는 최적의 환경이 되었다

돈 버는 것과는 인연이 없는 취미인 별빛을 좋아하고 혼자 깨어 있을 때의 밤공기를 좋아하고 잘 다니는 직장을 항상 나오고 싶어 하는 나 같은 사람이 새로운 돈버는 직업을 구한다면 그 직업은 비록 지금보단 적게 벌어도 우리 식구들을 그나마 먹여 살리면서 내가 하고 싶은 일을 통해서라면 나에겐 정말 좋은 가성비인 직업일 듯……

복어알 절임

티브이에서 어떤 다큐를 봤다
일본 어느 지역에는 복어알을
진기한 먹거리로 만들어 먹는다고 한다

싱싱한 복어알을 쌀겨와 함께 섞어서 나무통에 넣고 그 주변을 짚
으로 감싸서 2~3년 동안 보관해 두면 발효가 진행될 때 나무통 주
변은 온갖 구더기가 생기고 결국 복어알의 맹독이 모두 없어지고 발
효가 되어 세계에서도 아주 진귀한 복어알 요리가 된다고 한다

〈사진 출처 : 네이버 카페〉

아무 문제없는 요리라고는 하는데 맛을 볼 수 있는 기회가 생긴다고
해도 개인적으로는 선뜻 먹기는 망설여진다
하지만 아무나 맛볼 수 있는 음식이 아니라고 하니……

티브이를 보면서 저렇게 맹독을 가진 복어알도 독이 없어지고 사람이 진귀하게 먹을 수 있는 일류 음식으로 다시 탄생하는데 하물며 세 살 버릇 여든까지 간다고…… 버릇은, 습관은, 관습은 못 고친다고도 하지만 결국 사람도 맘만 먹으면 변할 수 있지 않을까 싶다

물론 거창하게 세계와 사회가 아닌 가족과 개인을 위해서만이라도……

죽이는 하루!

살아가다 보면 모든 악재가 마치 치밀하고 철저하게 준비된 것처럼 드라마틱하게 한순간에 닥치는 경험이 누구나 있을 듯하다
예전 〈포레스트 검프〉라는 영화에서 주인공 검프와 새우잡이 사업을 같이 하게 되는 댄 중위라는 사람이 하도 새우잡이가 안 되다 보니 폭풍우 치는 배 위의 돛대에서 하늘을 향해 저주의 말을 퍼붓는 것이 갑자기 생각난다

거의 7개월가량 야근에 주말 출근까지 하면서 우리 사람들이 혹사했던 프로젝트가 여러 논쟁 끝에 정신과 육체가 패닉에 빠진 상태로 이슈화된 것을 풀어보느라 정신없는 와중에 집에선 이제 겨우 120일 된 둘째가 아파서 야밤에 응급실을 전전하고 이런 날이 계속되어 잠이 부족하다 보니 마주치는 건마다 다 실수투성이에다 결국 교통사고도 나버리고 그러다 보니 또 실수만 연발하고는 결국 하늘에 대고 저주를 퍼붓는 댄 중위의 사례가 나오게 되는 상태

이럴 땐 혼자 조용히 깨어서 밤하늘로 올라가는 담배연기가 위로가 될 수 있겠지만, 금연 선언을 당당히 해버려서 지금 주변에 없는 담배와 라이터 때문에 그것도 할 수 없는 궁극의 악재까지 있는 상태

그런 상태가 오늘이었다

이럴 땐 정말 여러 사람과 항상 만나야 하고 부딪쳐야 하는 사회인
으로의 내 스스로를 주변에 혼자뿐인 외톨이로 만들어버리고 싶다

그런 정신없는 며칠이 가고 오늘 하루가 다 가고 자정이 넘어가면서
찰나의 조용함 속에 졸린 눈을 붙이려고 했는데, 이젠 아기 울음소
리도 없이 다행히 자고 있다는 모처럼의 조용함에 찰나의 '외톨이'
가 된 이 시간이 아까워 잠을 못자겠더라
그래서 책을 하나 읽었다
며칠 전 인터넷 주문한 책이 배달되었는데 가만 생각해 보니 박스째
뒹굴고 있는 걸 기억하고 그 책 중에 하나를 집어들고 한 시간 반 만
에 다 읽어 버렸다

일본사람이 쓴 책인데『혼자 있는 시간의 힘』이란 책이다

한 시간 반 동안 그 책 덕분에 혼자 있는 시간을 만끽했더니 잠은
비록 못 잤지만 악재가 그리 나쁘지만은 안은 듯했다

혼자 곰곰이 생각해 보니 프로젝트도 연기해서 다시 진행하면 되
고, 차 사고는 같은 동 사는 어르신이라 다행히 젊은 사람이 진심으
로 사죄하니 걱정하지 말라는 말도 들었고, 둘째 아이 병원 진찰 의

사가 장염이라 일주일 안에 약 먹으면 좋아진다고 했는데 이게 과연
해결이 안 되는 악재라고 할 수 있을까……
즉 오늘 하루도 은근 나쁘지 않았던 하루였다

다시 말해 이렇게 글도 조용히 혼자 쓸 수 있고, 내일은 미팅이 10시
인데 집에서 바로 가는 것이 더 효율적이라 한 시간 더 자고 미팅 장
소로 갈 수 있으니 좋고…….
특히 안방 화장실에서 볼일 보면서 열어놓은 조그마한 창문으로 모
처럼 밤하늘의 선명함도 보았다

결국 죽이는 하루였다

고맙다…… 사이토 다카시(『혼자 있는 시간의 힘』이란 책의 저자)

1년 후 죽어버리기로 결심했다

내가 그러겠다고 하는 것은 아니고
좀 전에 두 시간 만에 다 읽은 책 제목의 일부이다

일본의 하야마 아마리라는 사람이 쓴 책인데, 실제 책 이름은
『스물아홉 생일, 1년 후 죽기로 결심했다』이다

저자의 실제 1년간의 일화를 쓴 책인데 내용은……

파견사원으로 일하던 저자는 혼자만의 스물아홉 생일을 맞는다
동네 편의점에서 사온 한 조각의 케이크로 혼자 파티를 하고 본인은
항상 외톨이였으니 어때……라며 자위한다
직장도 계약직으로 4개월에 한 번씩 옮겨야 하고, 애인에게도 버림
받았고, 못생긴 73킬로 몸무게, 절망스런 인생에 스스로 자살을 결
심하고 집에 있는 칼로 손목 위에 놓고 한참을 망설인다
하지만 죽을 용기마저도 내지 못한다
살아갈 용기도 없는 자신에게 좌절하다가 무심코 켜 놓은 티브이에
서 너무도 화려하고 아름다운 라스베이거스 여행 광고를 본다
난생 처음으로 1년 후에 라스베이거스에서 최고로 6일을 보내고 서

른 생일 날에 수면제를 먹고 죽는 것으로 결심한다

주어진 날들은 이제 1년!

그날부터 라스베이거스에서 서른 생일 아침을 맞이할 때까지 악착같이 라스베이거스로 가기 위한 돈을 벌기 위해 낮엔 파견사원, 밤엔 호스티스, 주말엔 누드모델 등의 일을 하면서 드디어 친구가 생기고 47킬로까지 힘든 일에 살이 빠지고 결국은 라스베이거스까지 갈 돈을 모으게 된다

그러면서 스스로 본인에게 죄가 된 것은 하고 싶은 것이 그동안 없었다는 것임을 느낀다

이 책을 읽어가면서 저자가 이야기한 것처럼 재능이란 잘하는 것이 아니라 하고 싶은 것을 의미한다는 말에 무척 공감했다

그리고 죽음과 맞교환한 본인의 목표는 비록 극단적이라고 해도 사람이 목표가 심장을 울렁거릴 정도로 스스로 하고 싶은 것으로 설정했을 때 그 얼마나 위대하게 사람을 바꿀 수 있는지에 대해서 많이 느꼈다

역시 나 같은 동기부여가 필요한 사람은 책을 읽어야 할 듯

비오는 날 평일 연차 쓴 날의 풍경

예전 결혼 전에는 시간 나면 꼭 수요일 정도에 휴가를 쓰곤 했다
금요일은 주말과 붙어 있어서 연차 쓰고 쉬어도 평일 느낌이 나지
않는다

그래서 난 수요일에 연차나 휴가를 쓰곤 했다

남들 다 일할 때 연차 쓰고 혼자 이어폰 꽂고 혼자 서점이나 백화점
이나 몰 같은 데 가서 혼자 살 것 사고 혼자 커피 하나 시켜서 카페
에서 지나가는 사람 구경하거나 벤치에서 구경하면서 시간 때우곤
했다
많은 사람들을 만나야 하고 말을 많이 해야 하는 직장인이라 이렇
게 아무런 말도 없이 가끔 혼자 있는 시간이 정말 좋았다
단, 날씨가 아주 좋아야 한다

혼자의 몸이 아닌 지금은 휴가를 쓰면 제이 봐주면서 같이 놀아주
어야 하다가 아들로 인해 휴가라는 달콤한 사탕을 빨지 못하고 결
국은 아들에게 헌납해 주어야 하는 자아가 붕괴(?)되는 것을 각오하
고 열심히 봉사하는 휴가로 '변질'되어 있지만……

내 인생관은 결혼 전과 결혼 후로 구분할 수 있고, 맑고 상쾌한 하늘이 있는 날과 춥고 눈 오는 날로 구분할 수 있을 듯하다

결혼 전과 후의 인생의 상관관계는 결혼을 해보니 알 듯하고, 날씨와 인생의 상관관계는 워낙 내가 날씨에 따라 느끼는 그때 그때의 기분이 크게 틀려서 그런 듯……

아무튼 오늘 남들 다 일하는 평일 혼자 휴가 쓰고 놀고 있는데, 거기다가 우연하게도 집에 혼자 있게 되는 절호의 찬스가 생긴 날이다

그런데 비가 엄청나게 무지막지하게…… 아니 내 인생 기준으론 '몰지각하게' 내린다

조금 전에 조조 영화보고 집에 들어왔다

집에 와보니 베란다 에어콘 호스 구멍으로 빗물이 들어와 베란다 바닥에 또옥또옥 빗방울이 떨어진다

베란다 하수구로 물길이 조그마하게 났다

그거 보다가 베란다 옆에 있는 화분에 물 안 준 지 일주일 넘은 거 기억나서 쪼그리고 앉아서 물 주면서 창밖 빗소리 들었다

밖에는 이렇게 폭우가 한 치 앞이 보이지 않게 떨어지는데 베란다의 화초는 물이 부족하다니……

예전 어릴 때 본 〈말괄량이 삐삐〉에서 삐삐가 비 오는 날 집 앞마당 정원의 화초에게 물주는 모습이 생각났다

비오니까 운동은 못하고 낮잠은 잠깐 자더라도 오후에 아껴서 자고 평일 혼자만의 연차에 충실하기 위해 아침에 9시 20분 조조영화를 보러 집 근처 영화관에 다녀왔다

수요일 조조 영화인데 아줌마 관객이 많았다
모두 합쳐서 관람 인원 대략 20~30명 된 듯하다

남자는 나밖에 없었다

평일 조조영화가 이렇게 좋은 줄 몰랐다
넓은 영화관에 시원한 에어컨 속에 혼자만의 대형 스크린과 빵빵한 음질에서 호강하고 나왔다
나름 만족스런 평일 연차 쓴 날의 하루였다
비록 폭우가 나머지 내 오롯 소중한 시간을 시기했지만……

과연 이러한 나만의 시간은 다시 올까

진리에 대해서

중국 북경 출장 2박 3일 짧게 다녀왔다

김포공항을 통해 다녀왔는데 한국에 도착하니 하얀 눈이 이쁘게 내리고 있었다

물론 이쁜 눈 내리는 대신 교통은 감수해야 했고……

집 떠나면 배고프고 춥다고 하는데 배고픈 건 기름기 많은 음식으로 일단 채웠지만 춥기는 정말 추웠다

영하 15도 정도였으니……

현지에서 미팅 중에 "한국이 지금 영하 8도인데 북경은 정말 춥네요."라고 했더니 같이 있던 분이 중국 심양 출신인데 "심양은 한겨울 보통 영하 20–30도라 한국이 영하 8도면 아주 따스하겠네요."라고 한다

몇 년 전 중국계 말레이시아 친구가 한국을 방문해 만나서 저녁을 먹은 적이 있다

영하의 기온은 아니었고 영상 5도 정도였는데, 그 친구가 반갑게 인사하고 한 첫 말이 "한국은 정말 북극처럼 춥구나."였다

내가 요즘 즐겨 읽고 있는 채사장이 쓴 『지적 대화를 위한 넓고 얕은 지식』이란 2권짜리 책에 '진리란 무엇인가'라는 이야기가 서두에 나온다

책에서는 진리는 사전적인 말로 '참된 지식'이라고 해석되는데 이 진리의 속성은 절대적이고 보편적이며 불변적이라고 이야기한다

또한 우리는 보통 진리가 무엇인지는 잘 모르겠지만 막연히는 알 듯하다고 느끼는데, 실체를 본적은 없지만 절대적인 성격을 가져야 한다고 생각한다

예를 들어 회사에서 팀장이 부하 직원에게 외국계 바이어 찾으러 공항 가라고 하면서 메모에다가 '검은 피부에 키 크고 수염 있으며 아주 못생겼음'이라고만 주고 공항의 입국 카운터에서 쏟아져 나오는 수많은 외국인들 중에 찾아야 하는 상황과 유사하다고 표현했다

정말 비유를 잘 설명해 놓았다고 느꼈다
채사장표 표현에 한 표!

책 읽다가 배가 사르르 아파서 화장실에서 문득 생각해 보니 외국 바이어를 찾으러 간 사람이 홍 대리가 되었건 김 대리가 되었건 일단 본인 입장에선 메모와 유사한 사람을 찾았다고 믿으면 홍 대리가 찾았던 외국인이나 김 대리가 찾았던 외국인이 설령 각각 다른 인물이라고 해도 메모 정보로는 모두 맞는 사람을 찾은 거 아닐까 하는

생각과 함께

한국 날씨가 영하 8도는 불변이지만 중국 심양 사람이 느끼는 영하 8도는 당연 따스한 영하 8도이고 말레이시아 사람이 느끼는 영하 8도는 살인적인 강추위라고 느끼는 것처럼 그냥 본인이 진리라고 느끼는 것이 그냥 진리이지 않을까 하는 생각을 하면서 화장실을 나왔다

그리고 책에서는 실용주의를 어떻게 알기 쉽게 표현했느냐 하면……, 진리를 파헤치기보단 당장 먹고사는 것이 급한 마당에 진리가 무엇이 대수냐는 생각이 미국의 초기 자본주의를 지탱한 프래그머티즘, 즉 실용주의라고 한다

정말 이해하기 쉽게 책을 잘 쓴 듯하다…… 채사장 책

마지막으로 만약 싫어하는 회사의 부장이 있는데, 그 사람이 죽었으면 좋겠다고 생각하는 것만으로도 김 대리의 기분이 좋아졌다면 진리를 바라보는 여러 가지 입장 중 이 또한 실용주의 입장이라고 한다

즉 스스로 위로가 되고 합당하다고 생각하는 게 스스로에겐 진리라고 생각한다는 것이겠지
그게 개개인에게 좋은 방향으로만 가 주는 자기 최면이 되면 더할

나위 없을 듯하지만 마약 같은영향을 끼치게 되는 것이라면 그 또한
아쉬울 듯

결국 인생은 혼자 결정하고 혼자의 틀에 모든 결정을 합리화하면서
가는 것이 덜 스트레스를 받는 것 아닐까

밤이 깊어지면서 눈이 이제 얼어버렸다
낼 출근 아마도 전쟁이겠다
내일 제이 유치원 데려다주고 가야 할 듯
낼 아침 출근길이 아무리 전쟁터가 될지언정
울 첫째 아들 유치원 데려다주는 것이
내일의 가족화합과 안전을 위한 진리가 되겠네……

자자

초식동물의 눈

토요일

아침에 늦잠 자다가 일어났더니 7살짜리 제이가 그런다

오늘 친구들이랑 쇼핑몰 키즈카페에서 보기로 약속했으니 1시 20
분까지 가야 한다고

아침 먹고 책이나 보다 졸리면 다시 늘어지게 잘 수 있는 토요일 오
전 일정을 끝내면 아들 약속 때문에 나가야 하는 부모가 되고 있다

1시에 미리 가서 기다리는데 1시 20분이 넘었는데 친구들이 보이지
않는다

좀 더 기다리다가 결국 나와서 서점에서 책 사서 둘이 카페에 들어
갔다

이제 이 녀석도 약속의 깨짐에 대한 느낌을 알아가는 사회인이 되어
가는구나

나는 내 책을 읽고 제이는 도라에몽 책을 읽으며 난 아메리카노 제
이는 사과주스에 샌드위치를 먹으며 시간을 보내다가 집으로 돌아

왔다

제이랑 신체적 놀이가 아닌 정적인 함께하기가 드디어 이루어지고 있다는 것에 만족감이 밀려왔다
솔직히 레슬링이나 씨름은 이제 좀 버겁다

제이랑 카페에서 요즘 새로 나온 김정운 교수(이제 교수가 아니지…… 사표 확 써버리고 일본으로 가서 쓴 책이라고 하니……)의 『가끔은 격하게 외로워야 한다』라는 책을 읽었다

책에서 이런 이야기가 나온다

초식동물의 눈이랑 육식동물의 눈에 대해서……

초식동물은 육식동물이 어디서 잡아먹으러 올지 항상 사방 멀리 보고 있어야 하기 때문에 눈이 좌우로 멀리 떨어져 있는 반면 육식 동물은 먹이만을 노려보고 집중하기 위해 가운데로 몰려있다고 한다

진화론이던 아니면 우연의 일치이던 상관은 없으나 아마도 대부분의 사회인의 모습은 육식동물과 같은 관점의 눈으로 달려가고 있지 않을까 생각된다
특히 사회초년생으로 시작해서 직장에서 20년 이상 지나고 사십대

중후반이 지난 상태의 직장인의 눈은 지금까지 남을 이기기 위해 더 연봉을 올리기 위해 인정받기 위해 회사의 정해진 목표에 부합하는 척이라도 하기 위해 육식동물의 눈으로 충혈되어 있지 않을까 싶다 그런 사람이 20년을 살아온 회사에서 잘렸을 때 그의 충혈된 눈은 과연 무엇을 목표로 다시 응시를 할 수 있을까

이제 회사에서 저성과자도 회사에서 잘라버릴 수 있는 법적인 환경이 될 것이라는 이야기가 뉴스에서 나오고 있다

비록 상위 1%에 들어서 임원까지 돼도 성과 없으면 1년 계약직 신분으로 잘릴 것이고 부장에서 임원을 못 달아도 잘릴 것이고 결국 정년이 아무리 연장이 되어보았자 60살이면 다음 인생살이를 준비해야 하고, 결국 40대 50대에 본인이 청춘을 받쳤던 직장에서 나와야 하는 것이 자명하다면 추가로 40년 이상을 더 살아야 되는 시대인데, 지금이라도 늦지 않았으니 주변을 많이 살펴볼 수 있는 초식동물의 눈으로 삶을 살아가는 것도 나쁘지 않을 듯하다

초식동물을 잡아먹어야만 연명이 가능한 육식동물보단 저 멀리 지평선의 또 다른 풀밭과 과실나무를 좌우 넓게 볼 수 있는 그런 눈과 시선이 되레 인생을 더 오래 갈 수 있는 관점일 수 있지 않을까 싶다

業

요즘 우리 회사에서도 외부 세미나를 꽤 많이 개최하고 있어서 key note나 주제 발표를 많이 하는 편이고 외부 세미나에서도 요청이 많이 오는 편이다
요 근래에는 데이터 비주얼라이제이션 관련이나 클라우드를 주제로 많이 강의를 하는 편이다

며칠 전엔 어떤 언론사에서 주최한 세미나에서 한 시간 반가량 강의를 한 적이 있다
'데이터 시각화의 효과적 사례와 빅 데이터 활용 방안'이란 주제로 이야기를 했는데, 무릇 강의나 발표는 일단 조는 사람이 없어야 한다는 철칙이 있어서 보통 강의 초반에는 생뚱맞은 자료나 동영상을 많이 쓰는 편이다
이번엔 대학생들 대상으로 150여 명의 참석자 중에 3명 정도 조는 것 외에는 나름 잘 끝난 듯했다

끝나고 주차장을 가고 있는데, 어떤 학생이 본인 명함을 가지고 조심스레 찾아왔다
학교는 이제 졸업반이고 그동안 미국 회계사 자격증 취득하고 한국

회계사도 준비 중이고 기타 여러 IT 관련 자격증을 취득했고 영어 실력도 부모님 따라 외국에서 자라 와서 문제없다고 하고 내가 낸 ERP 관련 책도 읽어 보았는데 본인은 ERP분야로 취업하고 싶은데, 어찌하면 되느냐를 물어보았다

솔직히 어제도 우리 사람들은 프로젝트 연기된 고객사에서 집에도 못가고 근처 사우나에서 잠깐 씻고 계속 야근에 지쳐있는데 선뜻 내가 있는 분야로 오라고 이야기를 해야 하나 망설여졌다

초롱초롱한 눈빛과 간절함이 배어 있는 목소리를 들으며 안쓰럽기도 하고 정말 하고 싶은 것이 뚜렷함이 느껴졌다
우리 회사에도 언제부터 모집이 있으니 지원 한 번 해 보시고 혹시나 주변 지인을 통해 외국계 펌에서 신규 애널리스트 급으로 뽑는 곳이 있는지 알아보겠다고 하고 명함 서로 교환했다

IT 분야에서만 20여 년을 살아온 선배로서 후배에게 이 업으로의 진입 추천에 망설이는 것을 스스로 느끼면서 씁쓸했다

유럽의 어느 나라는 연초에 회사에서 휴가 계획을 먼저 세우고 한 해를 시작한다고 한다
그래야 서로 업무 공백 없이 미리 계획한 날에 갈수 있으니……
그것도 아주 긴 휴가를……

외국 업체의 프로젝트는 time and material 방식이 많다
우리나라는 fixed price 방식이 많다

즉 우리나라는 계약된 금액으로 프로젝트를 시작하면 client의 요구
사항이 증가가 되더라도 을의 입장에서 대부분 수용하지 않으면 계
속 고객관계 관리하기가 어려워진다

혹시나 나중에 내가 회사를 스스로 만들게 되면 회사의 모토는 이
렇게 하련다
"건방진 영업"

즉 너무도 고객이 사용하고 싶은데 맘에 안 드는 고객에게는 아예
팔지 않아도 될 정도의 뛰어난 IT솔루션을 파는 거다

스스로를 홍보하기 위한 명함까지 준비하고 다니는 그 학생의 얼굴
과 그 학생이 나와 같은 길로 갔을 때 겪어야 될 힘듦과 우리나라
IT 생태계의 힘듦 속에서 그 학생의 초롱초롱했던 눈망울이 빛을
계속 바라길 진심으로 기원한다

MBTI 1

아침 5시에 일어나서 회사를 간다

차 막히는 것이 죽기보다 싫어 일단 회사를 일찍 가지만 6시에 회사 건물 주차장이 열리기 때문에 6시즈음 회사에 도착한다

일단 내 자리로 배달된 신문 2개를 후딱 읽는다

관심 가는 IT 기사나 경제 기사의 제목만 스쳐보다가 관심 가는 기사는 숙독한다

그러다가 아는 지인이 기사로 나온 것은 더 자세히 읽어본다

신문은 항상 우리나라 경제가 암울하고 IT 투자는 점점 경색되어 간다고 이야기한다

오늘 미팅 일정과 외부 고객사 방문 일정을 확인한다

7시 회사 앞 카페가 문을 열면 샷 추가해서 진한 커피 한 잔 산다

커피 한 잔 마시며 한 시간 정도 책도 보고 글도 쓰며 내 스스로를 위한 시간으로 쓴다

8시 반 미팅 시작!

보통 하루에 5개에서 많으면 10개 정도의 내외부 미팅이나 발표에

참석한다

나는 항상 점심 약속이 있는 것으로 사람들이 알기 때문에 점심 때는 식사하자고 부르는 사람이 없다

의외로 혼자 점심을 먹기 위해 회사 앞 김밥집에서 김밥을 사서 내 자리로 오거나, 카페에서 브리또와 커피를 사서 내 자리로 와서 대충 때우면서, 제안 문서나 메일의 첨부 화일을 혼자 읽으며 먹는 점심도 많다

고객 약속이 있는 경우 지각은 금물

차 막히는 것 고려해서 30분 일찍 도착해서 근처 카페에서 미리 미팅 내용 리뷰하면서 대기한다

외부 미팅이 강남 쪽이면 가급적 해당 일은 강남에서 만나야 될 고객이나 이해 관계자들 미팅을 몰아서 이동 동선 상에서 모두 만나고 회사로 오거나 바로 집으로 퇴근한다

지방 출장은 1박을 하게 되는 경우가 많은데 이때도 마찬가지로 충청도 고객 만나고 경상도 고객 만나고 올라오면서 그 근처 고객 만나면서 올라온다

술은 죽도록 먹기 싫은데 고객사 저녁이면 각오하고 간다

대리 기사분도 이제 얼굴이 익는 분들도 꽤 많다

모처럼 만난 고객은 내가 항상 활동적이고 즐겁게 일한다고 하며 반겨주며 미팅을 시작한다

언제 외국 출장은 다녀왔냐고 항상 동분서주 바쁘게 잘 살아가는 것 같아서 좋다고 한다

언제 그 먼 지방 출장을 다녀왔냐고 밥은 먹고 다니냐고 물어보는 고객들도 있다

대부분 내 발표를 듣고 나면 나쁘지 않는 관계가 된다

제안 발표 전날은 제안서 마지막 리뷰하면서 항상 밤을 세운다

마치 그래야 하늘도 마지막 정성이라고 여겨서 수주 확률이 더 올라갈 듯하다

그래도 절대 함께 밤새울 사람을 만들지 않는다

내 부하 직원은 본인 일 끝났으면 그냥 집에 가는 것이 철칙

주말근무를 저주하고 야근을 저주해야 업무시간에 할 것 야근으로 미루지 않고 생산성이 더 좋다는 것이 내 철칙

내가 제안 발표 직접 해야 할 고객은 내가 마지막으로 발표 문서를 혼자 마무리해야 위안이 된다

밤에 잠깐 제안 발표 문서 만들다가 혼자 남아서 보는 시원한 밤과 그때 한 대 피우는 담배와 커피가 너무 좋다

우리집 가족력은 폐암이다

그래도 지금은 혼자 밤에 깨어 있을 때 진한 투 샷 아메리카노와 담배 한 개비와 별까지 반짝거리고 바람도 한들거리며 좁은 창문으로 들어와 주고 켜 놓은 라디오 심야 음악이 있으면 더할 나위 없이 좋다

요즘은 외국계 회사 제안도 많아 영어 제안 발표나 영어 미팅, 원격 화상 영어 미팅이 점점 많아진다
이런 경우는 우리에게 유리하다
역설적으로 이공계가 많은 한국 IT업계에 영어 잘하는 사람이 많지 않아 내 영어 실력이 되레 더 나은 경우가 많다
외국에서 프로젝트 수주 제안을 외국 경쟁사와 할 때는 반대의 경우가 되지만……
그래도 외국계 고객에 대한 승률은 매우 좋다
마치 내가 국제적으로 활동하는 비즈니스 맨 같다
대학 때 연수 가본 적도 없이 그냥 영어가 좋아서 혼자 듣고 파던 것이 직장 생활에 이렇게 도움이 많이 되고 남들보다 유리할지는 몰랐다

스마트폰에 연결된 회사 메일과 결제는 집에서도 항상 확인해야 안심이 된다
스마트폰의 푸시 서비스가 이럴 땐 편하다
한편으론 회사 일과 24시간 연결해 주는 족쇄가 되기도 하지만……

"나이를 떠나 직급, 직책으로 나보다 낮은 사람, 소위 부하 직원들로 정의되는 이해 관계자"와 많은 이야기도 나누고 미팅도 하고 어떤 날은 질책도 한다

단지 상사라는 이유로 계급이 정의되어 있는 직장이란 곳에서······

요즘 읽는 책 중에 가수이자 작사가인 강백수라는 사람이 쓴 "사축일기"라는 책이 많이 공감된다

직장인의 현실을 한마디로 '웃프게' 이야기하는 책인데, 회사 생활의 고충의 원흉으로 항상 나오는 직급이 본부장, 임원, 부장급이다
이들은 빠르면 40대이고 늦어도 50대인 사람들
이들은 빠르면 아이들이 고등학교 대학교 정도 다니고 있고 늦으면 나처럼 첫째가 유치원 졸업하고 둘째가 태어난 지 150일 정도 되는 사람들일 수도 있다
어차피 백 살까지 살 것인데 내가 하고 싶은 일이 있고 그게 좋으면 우리 자식들 늦게 나왔다고 해도 별 걱정 없다고 항상 최면을 걸고 다닌다

암튼 남들은 내가 시간을 쪼개서 사용하고 있고
항상 이리저리 움직이며 활동적이고
항상 자신감이 있고
항상 미래를 준비한다고 생각해 준다

내 MBTI 검사는 결과가 어떨까?

MBTI 2

MBTI 검사를 해 보면 16가지 성격 유형으로 결과가 나온다
성격 유형이 16가지나 된다고 할 수 있지만
겨우 16가지만 과연 존재할까 하는 생각도 든다
그중에 몇 가지를 살펴보았다

외향형과 내향형

외부 세계에 관심이 많고 상호작용하는 데 심적 에너지를 많이 투자
하는 사람은 외향형이라고 할 수 있다
외향성은 폭넓은 대인 관계를 유지하고 사교적이고 열정적이고 활
동적이다
내향형은 친한 소수의 사람들과 깊은 관계를 유지하고 조용하고 집
중력이 있다
또한 자신의 내면에 더 많은 관심을 가지고 혼자 조용히 음악을 듣
거나 생각하는 것을 좋아한다

일단 나는 결국 내성적이고 내향성이 많지만 '외향형인 척' 살고 있
는 듯

사고형과 감정형

사고형은 논리적이고 분석적이다
개인적인 가치보다 무엇이 옳고 그른가에 객관적 기준을 둔다
감정형은 객관적인 진리나 옳음보다 보편적인 선과 인간관계의 조
화를 살리는 방향으로 결정한다

나는 사고형을 가장한 감정형인 성격인 듯

판단형과 인식형

판단형은 주어진 상황을 통제하며 계획적 생활을 선호한다
하지만 인식형은 유연한 생활방식을 추구하고, 동시다발적으로 다
양한 것에 관심을 가지고 상황의 변화에 유연하게 맞추어간다
하지만 마감이 임박해서야 일에 착수하는 경향이 있고 때론 마감
시간을 놓치는 경우도 있다

나는 확실한 인식형 인간이다
오늘도 마지막에 몰아서 발표할 문서 만들고 있다

MBTI가 과연 인간의 성격을 정확하게 대변해 주는지는 모르겠다

하지만 내 스스로 나에 대해 느껴지는 것이

'조용한 도시 근교에서 밤에 혼자 깨어있는 것을 좋아하고 단지 가끔은 도시 속으로 깔끔한 정장을 입고 나올 수 있는 약간의 시간만 주어지면 만족할 만한 성격'

'주변 의식하지 않고 팔뚝과 어깨에 문신하고, 하도 입어서 너덜거리는 디젤 청바지에 CK 면티 하나 입고 조리 슬리퍼에 조그마한 스쿠터 하나 타고 독일 병정 헬멧 쓰고 동네 장 보러 가는 생활이 그립고……'

'돈은 벌기는 해야 지금 기업체 임원 때보다 적어도 좋으니, 남들이 보면 양아치로 알아도 상관없이 눈치 안 보고 꼬옥 일주일에 이틀 정도는 밤에 혼자만 깨어있는 삶'

을 살고 싶고

'더운 여름날 하드코어 락이랑 걸 그룹 노래를 들으며 반드시 아식스 조깅화를 신고 강변길 조깅을 한 시간 동안 땀나게 하고 시원한 게토레이 한 병 다 먹고 땀 식히며 담배 한 대 피우는 삶'

'폭염 주의보가 내린 날 태닝 할 겸 웃통 벗고 자전거 반나절 타고 시원한 강변 그늘에서 땀 식히며 강변 반대편 조그맣게 보이는 차들이 바삐 지나가는 점들을 보며 다른 사람들이 저 차 속에서 저렇게 바쁘게 움직일 때 나 혼자 시간이 정지되어 있는 것을 흐뭇하게 느끼는 삶'

사막 마라톤이나 걸어서 국토대장정을 하고 이때 시간 시간 느끼는 환희와 좌절과 기쁨을 오롯이 내 방식으로 글로 쓰고 싶은 삶'

이런 삶을 동경하는 것을 보면,

내가 현재 직업을 가지고 이미 20여 년 동안 계속 살아오고 있고, 동경하는 삶이 이미 20여 년 전 이 직업에 들어오기 전부터 항상 생각해 왔다는 것이 너무도 신기하다

MBTI가 성격의 유형을 의미하고, 이 테스트를 받아보는 사람들이 '아 맞아⋯⋯ 내 성격이야' 하는 것은 많이 봐 왔다
그 사람의 현재 직업과 동경하는 것을 스스로의 성격 지침으로 참고까지는 좋을 듯하다

그런데 그 사람이 동경하는 것을 못하는 것도 혹시 MBTI 성격 유형상 결단적이 부족해서 결국 못하는 것일까?

집으로……

예전 보았던

여름 휴가철이 갓 지나고 난 9월 초

부산 출장 갔다가 본 저녁 바다의 모습이다

사람들의 몸과 마음의 찌꺼기를 모두 받아주었던 바다도

이제 쉬고 있는 것 같다

수고 했다 바다야……

인간들의 혹사를 버텨내서……